DEUX JOURS PAR AN

Novella

1. Perdue dans les bois.

J'étais maudite. Tomber en panne en plein cœur de la montagne, la veille de Noël alors que j'étais attendue semblait coller en tout point à ma vie désastreuse. Pour couronner le tout, le téléphone ne passait plus depuis des kilomètres.

Je ris jaune en heurtant mon front contre le volant de cette traitresse de voiture ! Puis, je jetai un regard impuissant à la neige qui continuait de tomber, recouvrant la route déjà glissante. Les flocons tournoyaient dans la lumière des phares de ma voiture immobilisée, créant une atmosphère à la fois féerique et chaotique.

Respirant profondément cet air résineux, je me résolus à sortir de la voiture pour évaluer la situation. Le froid piquant s'infiltrait à travers mes vêtements, accentuant ma vulnérabilité. Le paysage montagneux, d'ordinaire majestueux, semblait aujourd'hui être le décor d'une cruelle farce jouée par le destin.

Toutefois, mon éternel optimisme, celui que je pensais être doté, refit surface. Avec un brin de chance, un séduisant bûcheron au volant de son imposant pick-up allait s'arrêter, et nous allions tomber raide dingues l'un de l'autre. Vous savez le même scénario que dans les téléfilms de Noël à l'eau de rose ? Ça commence toujours par une panne.

— Nola ! me grondai-je.

J'étais en couple, en couple avec Jason. Je devais tenir bon, même si ses parents me détestaient au plus haut point. Notre relation était stable et, comme me le répétait si bien ma meilleure amie Deb, j'en avais besoin dans ma vie. J'avais le job, l'appartement, il me manquait le parfait petit ami.

Attirée par un bruit de moteur, je levai les yeux. Des phares arrivaient au loin. Je me plaçai au bord de la route en évitant de faire un grand écart sur la glace.

— Parfait, ma belle, tiens la pose ! Souris un peu et...

J'ôtai mon bonnet beige au pompon de poils qui me

donnait l'air d'une tarte et balançai mes longs cheveux bruns. Je me déhanchai pour une cambrure parfaite, puis dégrafai un ou deux boutons de ma doudoune grise Hilfiger. Je mis mon pouce en position.

— À nous deux, mon coco.

Le véhicule, un pickup — j'en étais sûre — s'approcha et ralentit. Le conducteur, un chasseur à en croire sa tenue et l'état de sa voiture, me regarda, me sourit, puis accéléra devant moi en klaxonnant. Une giclée de neige fondue et noircie de boue m'éclaboussa de la tête aux pieds.

— Connard ! hurlai-je tout en agrémentant ma parole d'un doigt d'honneur.

Je m'essuyai le visage à l'aide de la manche de mon manteau et, dépitée, je m'avançai sur le bitume et fis la chose la plus débile au monde : je brandis mon portable en l'air avec l'intime conviction qu'il allait, comme par magie, capter du réseau. Après tout, nous étions la veille de Noël, avec un peu de chance, sa magie allait opérer ?

Spoiler alerte : Bah non !

Je devais trouver un plan B, et ça urgeait ! J'étais

attendue chez mes beaux-parents. Monsieur et Madame, pincés du cul. Arriver en retard n'était pas une option. Heureusement, leur fils, séduisant à souhait et plutôt doué au lit, compensait le fardeau de la présence de ces deux vieillards ennuyeux, pour ne pas dire : vieux cons. Franchement, je les haïssais au plus profond de moi-même. Ça, tout le monde, l'aura compris.

— Votre chignon est un désastre, ma chère.

— Ce n'est pas un chignon, avais-je répondu, au saut du lit, mes pieds à peine rentrés dans mes chaussons.

— Alors quelle est donc cette horreur ?

— Ma coiffure.

— C'est pitoyable, m'avait-elle sorti récemment. Et, vous auriez pu vous maquiller un peu, vous ne ressemblez à rien.

Ma relation avec Jason perdurait depuis deux mois, et j'avais déjà eu le "plaisir" de partager deux dîners avec la famille Carlton et j'avais eu l'honneur d'être réveillée par surprise un dimanche matin par Madame Carlton qui avait décidé, sur un coup de tête, d'aller voir où vivait la nouvelle compagne de son fils. Cependant, ce troisième repas, je l'aurais volontiers évité. Les occasions précédentes s'étaient révélées être de véritables cauchemars, des fiascos retentissants. C'était comme être observée telle une bête de foire, où l'animal, c'était moi. La disparité de nos classes sociales était évidente, on ne pouvait l'ignorer. Mes parents étaient agriculteur pour mon père et femme de ménage pour ma mère, alors qu'eux faisaient partie de l'élite en tant que médecin pour lui et chirurgienne pour elle.

— Bon sang ! C'était quoi, ce bruit ? m'écriai-je en sursautant.

Les bruits nocturnes prenaient une dimension lugubre, transformant le craquement naturel du bois en un sinistre chuchotement, tandis que des sons indistincts semblaient émaner des profondeurs de la forêt.

Soudain, une sensation d'oppression s'empara de moi, comme si des yeux invisibles me scrutaient depuis l'obscurité. L'atmosphère était chargée de tension, et le moindre bruissement de feuillage me faisait sursauter. Dans ce dédale de troncs et de ténèbres, l'inconnu semblait se matérialiser, nourrissant l'imagination de toutes les terreurs imaginables.

Je me précipitai dans la voiture et verrouillai les portières. Il faisait un froid de canard. Je me frictionnai les bras et pestai. Et si c'était un loup ? Une meute de loups. Non ! Un serial killer du genre Freddy Krueger ? Ou plutôt Dexter ? Hum. À bien y réfléchir, je préférais Dexter. Mais, bon sang, qu'est-ce que Dexter viendrait foutre ici ? Bref, je me filais la frousse pour rien. C'était sûrement une biche ! Ou un petit lapin ? Oui, je restais sur cette dernière idée. Le petit lapin, Panpan, grand ami de Bambi. C'était une idée réconfortante.

Mes pieds étaient comme engourdis par le froid glacial qui s'insinuait à travers mes chaussures, et la batterie de ma fichue voiture venait, elle aussi, de rendre l'âme. Je n'avais plus de chauffage. Frissonnant, je fouillai dans la boîte à gants à la recherche d'une carte routière. Je mis la main dessus et la déployai en remerciant mentalement mon père pour ces années de courses d'orientation imposées. Même si, à l'époque, je les trouvais barbantes et inutiles, elles allaient me servir. Il me semblait qu'en contre-bas, dans la vallée, se trouvait un village. Je ne pouvais de toute évidence pas rester ici. J'allais finir en statue de glace.

Je pris mon courage à deux mains, enfilai de nouveau mon bonnet et mes gants, puis sortis dans le froid impitoyable de cette nuit noire. Les flocons de neige s'abattirent à nouveau autour de moi, voilant ma visibilité. Après avoir verrouillé mon véhicule, je traversai la route pour m'enfoncer dans la forêt dense de pins, armée de ma carte, prête à dévaler le versant.

Guidée par la lueur des lumières distinctes de *Pins Valley* en contrebas, j'entamai ma descente, tentant de me frayer un chemin à travers les obstacles naturels. Les buissons et les ronces se liguaient contre moi, les branches et les troncs devenant autant de danger à éviter que de formes à dédiaboliser. À plusieurs reprises, je m'enfonçai dans des crevasses dissimulées par l'épaisseur de neige, maudissant chaque élément de ce foutu terrain.

Le froid mordant et l'humidité pénétraient chaque centimètre de ma chair, mes vêtements trempés pesant sur moi comme des glaçons. Mes doigts et mes jambes s'engourdissaient, laissant une agonie glaciale s'installer. Le village, bien que perceptible au loin, paraissait inaccessible, s'éloignant à mesure que je progressais avec peine. J'allais mourir avant de pouvoir l'atteindre, et plus les minutes passaient, plus cette idée noire se transformait en certitude : on retrouverait mon corps sans vie dans ce foutu bois, déchiqueté par les loups ou je ne sais quelles autres bêtes. Ma vie était finie. Elle allait s'arrêter à cause de cette garce de voiture. Celle que j'aurais dû amener pour une révision. Mais à trop vouloir repousser les choses au lendemain, voilà ce qu'il était advenu. Mon heure avait sonné, j'allais mourir ici dans la solitude et le froid glacial, la veille de noël.

Épuisée, je tombai à genoux. Les larmes coulaient sur mes joues. J'étais si jeune. J'avais encore tellement de choses à accomplir, à vivre. Aussi, je regrettai de ne pas avoir pu dire à mes parents combien je les aimais. Et je me détestai pour n'avoir pas osé avouer le mépris que je ressentais pour mon patron. J'aurais dû lui faire avaler son stylo qu'il mâchouillait sans cesse et qui me rendait folle de rage lorsque sa tête dépassait au-dessus de mon épaule pour surveiller mon écran d'ordinateur. J'aurais dû dire à Deb qu'elle pouvait prendre toutes mes fringues, mes sacs et mes chaussures.

C'était la fin, je le sentais. Une bête s'approchait. Elle allait me dévorer. J'entendais ses pas lourds écraser la neige. Ma faiblesse était accablante, je ne pouvais plus bouger. Chacun de mes gestes était insupportable, semblable à de multiples lames de couteau me découpant la chair. Jack Dawson, joué par Leonardo Dicaprio, dans Titanic, avait raison : mourir de froid était horrible !

— Mademoiselle ? Je. Vous m'entendez ?

Je devais halluciner. Oui, c'était une hallucination. Cela ne pouvait en être autrement. Comment aurait-il été possible qu'une personne se balade en pleine forêt la nuit du réveillon de Noël ?

Je levai les yeux sur mon mirage, cet homme, persuadée qu'il allait se dématérialiser et laisser place à un trou noir.

— Vous allez bien ?

L'ironie s'empara de mon être. Après tout, il ne me restait plus que mon humour potache.

— Oui. Je pète la forme. Vous ne voyez pas. Je suis sur une plage aux Bahamas en train de siroter un succulent cocktail et bronzer sous un soleil tropical.

Je voulus rajouter « connard ! », oui, j'avais le *connard* facile, mais je m'abstins. À quoi bon m'en prendre à ce type ? S'il n'était pas le fruit de mon imagination, il pouvait m'aider. Ou, au contraire, il s'agissait peut-être du tueur en série de tout à l'heure. Oui, en effet ? Quel était le motif de sa présence ? Me filait-il ? Attendait-il que je m'épuise pour m'achever ?

— Levez-vous. Je vous aide.

L'homme au regard bienveillant me tendit une main. Si c'était une hallucination, était-ce à ce moment précis qu'il allait s'évaporer ? Autant le savoir tout de suite. Je le scrutais, incertaine, et finissais par rassembler le peu de force qu'il me restait puis me saisissais de sa main, une main forte et ferme, des doigts doux et chauds qu'il venait de retirer de ses gants.

C'était l'extase.

— Vous êtes réel ? murmurai-je, ébahie, tout en

sentant un soulagement si vif qu'une envie de crier mon bonheur s'empara de mon être.

— Apparemment.

— Vous faites quoi ici ?

Il était bien de chair et d'os, mais ma crainte quant à ses intentions restait à définir.

— Et vous ?

Évidemment ! La seule cruche ici, c'était moi. Lui, paraissait équipé pour une balade nocturne en montagne dans la neige avec sa doudoune sombre et ses après-skis. Il n'était pas à l'agonie et en talons.

— Ma voiture est tombée en panne plus haut, dans le virage. J'essayais de rejoindre le village pour trouver de l'aide.

— Avec ces chaussures vous ne seriez pas allé bien loin.

Je regardais mes escarpins et plongeai mon regard dans le sien, clair.

— C'était pas le plan initial.

— Et qu'aviez-vous de prévu ? Si je puis me permettre.

— De passer le réveillon dans un chalet luxueux, entourée de tas de babioles hors de prix et de personnes hypocrites à souhait. L'éclate totale, quoi !

Il se baissait et ramassait mon sac à main avant de me le tendre.

— Changement de programme. Vous allez passer le réveillon dans un chalet miteux, entourée de bougies, du moins, s'il m'en reste, d'un feu et de moi.

Il s'avança de quelques pas en direction du sud et s'arrêta pour me regarder par-dessus son épaule.

— Vous verrez, ce sera l'éclate totale ! ajouta-t-il avec un enthousiasme un peu surjoué à mon goût.

Mais l'effort y était ainsi que l'humour.

— Je ne veux pas faire ma difficile, mais je ne suis pas certaine de pouvoir encore marcher, mes pieds sont gelés.

— Oh !

— On va devoir m'amputer.

Sitôt et dans un large sourire séduisant que je perçus au travers de sa barbe naissante, il revint sur ses pas et observa mes pieds un court instant.

— Je ne pense pas qu'il y ait besoin d'une amputation. Rassurez-vous.

Sans que je m'y attende, il se baissa, puis m'emporta dans ses bras et me souleva. Surprise, je m'agrippais à ses épaules, gênée par cette soudaine proximité.

— En route ! lâcha-t-il en me rajustant dans ses bras forts et agréablement chauds.

Je déglutis, embarrassée de devoir m'accrocher à cet homme que je ne connaissais pas.

Il débuta sa marche.

— Vous avez un téléphone chez vous ? Mon portable ne captait pas et j'aurais aimé prévenir mes proches que je suis encore en vie.

— Non.

— Alors une voiture pour me déposer au village ?

— Non.

— Vous rigolez ?

— Non.

Malgré la lueur d'espièglerie dans ses yeux, il semblait très sérieux.

— Et comment vous faites d'habitude ?

— Je n'y descends pas.

— Quoi ? m'étonnai-je tandis que ma voix fut couverte par le hululement d'une chouette. Ne me dites pas que vous êtes un survivaliste ?

— Je ne vous le dis pas.

— Alors, comment vivez-vous ?

Malgré le sourire qui planait toujours sur son visage, je captai son agacement soudain.

— Je ne veux pas vous paraître mal poli, mais je ne porte pas tous les jours à bout de bras une personne sur plusieurs kilomètres dans la neige. J'ai besoin de concentration.

Il me rajustait un fois de plus, étant à la limite de perdre l'équilibre.

— O.K. Je me tais.

— Merci.

— Mais, je me...

Il fronça les sourcils.

— S'il vous plait !

— O.k., O.k.

Je me tus en resserrant mes bras autour de son cou solide.

Tout en me maintenant fermement, il continua sa marche à travers la neige. Mes pieds, bien que toujours froids, étaient soulagés d'être à l'abri du sol gelé et de l'humidité. La proximité avec cet inconnu éveillait en moi une étrange combinaison de méfiance et de reconnaissance. Mon esprit tourbillonnait, cherchant à comprendre la situation insolite dans laquelle je me trouvais. Le destin avait parfois un sacré sens de l'humour.

2. Un toit pour deux

Le contexte était malaisant à souhait et, franchement, j'avais du mal à gérer les situations de ce genre. J'étais dans les bras d'un inconnu, à moitié gelée, au milieu de nulle part, et dans le noir. Le stress était tel que je n'avais qu'une seule envie : parler pour extérioriser.

Malgré ses avertissements, je finis par craquer au bout de quelques minutes qui m'eurent paru une éternité.

— Je peux vous poser une question ?

— Je peux ne pas y répondre ? répondit-il du tac au tac, toujours avec son petit air taquin qui commençait sérieusement à m'irriter.

Je soupirai, exaspérée.

— Tant pis, je vous la pose.

Il soupira à son tour.

— Vous allez me laisser partir ? Je veux dire : vous n'êtes pas un tueur en série ou un truc du genre ?

Il me rajusta dans ses bras avec une soudaineté inattendue, ce qui me fit lâcher un petit cri sourd.

— C'est un risque à prendre effectivement.

Je ravalai une pointe d'anxiété.

— Pardon ?

— N'ayez crainte ! J'ai eu mon quota de victime pour la soirée.

Je grimaçai et secouai la tête, dépitée.

— Très drôle !

— Réfléchissez deux secondes, si j'avais été un type mal intentionné, que croyez-vous que j'aurais répondu ?

— Je sais pas. Vous ne m'auriez sûrement rien dit.

— Voilà ! Alors, silence !

— Votre femme doit s'éclater avec vous.

Je fronçai les sourcils en m'auto-flagellant. Il ne releva pas ma remarque, il se contenta de fixer droit devant lui. L'avais-je vexé ? Avais-je touché une corde sensible ? Non. Il semblait seulement épuisé de me porter.

Je fournis un réel effort pour me taire. Heureusement, il s'était arrêté de neiger et la lune éclairait notre trajet. Nous quittâmes le bois aux senteurs fongiques pour un chemin traversant la forêt de haut sapin touffu et fîmes une pause. Mon sauveur — Je préférais le voir de cette manière — avait besoin de se détendre les muscles. Et croyez-moi, il en avait de costaud pour m'avoir transportée jusque-ici.

— C'est encore loin, me risquai-je non sans gêne.

Après tout, il ne me portait plus, j'avais le droit de parler, non ?

— Juste au bout du chemin.

— Vous avez un chalet ?

— En quelque sorte.

— En quelque sorte ? C'est un peu léger comme réponse.

— Il faudra vous contenter de ça.

— Est-ce que je pourrais prendre un bain chaud ?

S'étirant le dos, la tête vers le sol et les bras ballants,

il releva les yeux et me fixa de son regard magnifique. Aussi beau fut-il, je crus y déceler une envie précise et soudaine de m'étrangler. Il ne fit rien, même pas l'effort de me répondre. Il poursuivit ses étirements avant de me charger à nouveau et de continuer notre route.

Le reste du trajet me parut long, très long. Je fus tout de même impressionnée par sa capacité à m'avoir portée jusqu'ici, devant ce... cette... ce truc qui ne ressemblait à rien, perdu au fin fond de rien du tout et uniquement éclairé par que dalle : la lune qui apparaissait de temps à autre, entre deux nuages chargés de neige.

— On y est !

— Vous êtes certain qu'il n'y pas un moyen de me descendre au village là, maintenant ? Un vélo ? Un traîneau ? Même une luge fera l'affaire !

— Désolé, je n'ai rien de tout ça. Il va falloir patienter jusqu'à demain. George passe tous les jours. Il vous descendra.

— Qui est George ?

— Le voisin le plus proche.

— Allons chez lui, alors ?

Il regarda mes chaussures et croisa mon regard plein d'espoir.

— Si vous vous sentez de grimper sur cinq ou six kilomètres vers l'Est, allez-y, je ne vous retiens pas.

Il monta les deux ou trois marches de bois pourries qui donnaient sur un porche branlant, tapa ses bottes pour en faire tomber la neige et ouvrit la porte. Je crus que tout allait s'écrouler.

— Je dois juste vous signaler que vous risquez de croiser des loups.

Découragée, mais surtout, frigorifiée, j'abandonnai.

— Je suis donc bel et bien forcée de rester ici avec vous.

Il gagna l'intérieur sans un mot. Je ne me fis pas prier pour le suivre, ne voulant pas rester une minute de plus toute seule, dehors, dans le noir glacial.

À l'intérieur, le bois régnait en maître et l'odeur de fumée envahit mes poumons fragiles, je toussai. Lui, s'affairait à je ne sais quoi. Je n'y voyais rien, la pièce n'était éclairée que de la faible lumière du feu dans la cheminée.

— Vu que nous allons passer le réveillon ensemble, nous pourrions nous présenter ? Qu'en dites-vous ?

Il ne répondit pas non plus et passa dans la pièce d'à-côté. Je m'avançai alors vers l'immense foyer en pierres où des braises crépitaient. Mes doigts et mes oreilles reprenaient peu à peu vie, et c'était une sensation exquise même si un peu douloureuse au départ.

— Tenez, dit-il en réapparaissant.

Il tendit une couverture en laine tricotée. Je m'en saisis et l'enroulai aussitôt autour de moi tout en faisant abstraction de l'odeur de renfermée et d'humidité qui s'en dégageait.

— Mon nom est Samuel Davis.

Il contourna l'unique table près d'un évier bancale, pris une boite d'allumettes et alluma de vieilles bougies qui se trouvaient un peu partout dans la pièce.

— Nola Parker.

Une fois toutes les bougies allumées, il se débarrassa de son manteau, puis de son bonnet. J'observais sa carrure robuste et sa chevelure brune épaisse. Cet homme imposait par sa taille, mais aussi par la masse musculaire que je devinais à travers son pull camionneur bleu, qui lui allait à ravir. Cette couleur faisait ressortir celle de ses iris. Il dégageait un charme irrésistible. Son visage et ses traits étaient aux antipodes de ceux d'un tueur en série prêt à fondre sur sa prochaine proie. Une légère tendresse enfantine émanait de ses yeux bleu glacier. Une étincelle de savoir-vivre et d'intelligence pétillait dans son regard. Cet inconnu avait sur moi un effet rassurant, une étrangeté que je ne pouvais nier. D'ordinaire dotée d'un sixième sens pour détecter les individus peu recommandables, cet homme ne déclenchait pas l'alerte de mon détecteur d'abrutis. Bien au contraire ! Il éveillait plutôt mes cinq sens et l'envie de le connaître.

Il me montra le vieux sofa et prit place sur un rocking-chair non loin de la cheminée.

— Asseyez-vous. Faites comme chez vous.

Emmitouflée, je m'exécutai et me mis à l'aise en enlevant ces maudites chaussures. Je rêvais d'un bon bain chaud et de vêtements secs, mais vu l'état de ce taudis, trouver ce confort relevait du miracle.

— Je suppose que vous n'avez pas de baignoire ?

— Il y en a une à côté.

— Génial ! m'enthousiasmai-je. Je rêve d'un bon bain chaud, je peux...

— Elle est dehors. Sans eau chaude.

Je ravalai aussitôt mon élan de joie et bougonnai :

— Vous vous lavez comment ?

— Avec de l'eau et du savon.

— De l'eau froide, à la belle étoile ?

— À l'évier.

Je n'en revenais pas. Se foutait-il de moi ?

— Vous chauffez au moins l'eau avec le feu de cheminée ?

— Pas toujours, non.

Il frotta ses mains sur son pantalon tandis que son visage se teinta d'espièglerie.

— Ma manière de me laver semble vous fasciner.

— Non, c'est votre vie qui à l'air fascinante.

— J'aurais aimé en faire un film.

— Vraiment ?

— Non, je plaisante.

Le silence s'installant dans la pièce, fait dont j'avais du mal à accepter, j'en profitai pour regarder autour de moi.

Les murs, dépourvus de tout superflu, accueillaient à peine quelques décorations minimalistes, des casseroles en cuivre, un cadre. Les meubles se limitaient au strict nécessaire : une table robuste, quatre chaises usées par le temps, un canapé défraîchi, un rocking-chair qui grinçait en un bruit strident au moindre mouvement, et une étagère chargée d'une dizaine de vieux livres, chacun recouvert d'une épaisse couche de poussière et de toiles d'araignées sophistiquées. Un buffet massif trônait dans un coin, abritant une collection de vaisselle d'un autre temps, comme figée dans l'histoire, et encore des toiles d'araignées.

— Il n'y a pas de Madame Davis ?

Ses yeux clairs restèrent fixés au feu, me laissant le divin délice de profiter du spectacle qui se jouait dans leur reflet.

— Non.

— Vous avez quel âge ?

Il trouvait enfin mon regard et l'expression bourrue que je lus sur son visage effaça mon sourire pincé de politesse.

— Écoutez, Miss Parker...

Je rectifiai :

— Nola !

— Écoutez, Nola, j'aime le silence alors évitez de parler. C'est inutile. Je vous offre un toit pour la nuit et on en reste là. D'accord ?

Vexée, je lâchai :

— Je me tais !

— Désolé, se corrigea-t-il la minute d'après. Je n'ai plus l'habitude d'avoir de la compagnie.

Je haussai les épaules et lui rendis un faible sourire compatissant. J'avais compris. Il ne voulait pas parler avec moi et le mieux à faire était de m'endormir pour que la nuit passe plus vite.

Un silence tel qu'il les aimait s'installa.

— J'aurai trente et un ans demain, finit-il par me dire au bout d'une ou deux minutes atrocement gênantes.

— Vous êtes né le jour de Noël ?

Il opina de la tête tandis qu'une foule de questions me traversa l'esprit.

J'hésitai, me triturant les doigts. Il n'allait pas aimer.

— Allez-y, posez votre question, rit-il tout à coup.

Je feignis l'innocence.

— Quelle question ?

— Celle qui vous démange et fait que vous vous torturez la main.

Je me réajustai sur le canapé, en joie, tout en laissant mes doigts enfin tranquilles.

— En vrai, j'en ai plusieurs.

Il soupira mais ne put cacher son amusement. Ses lèvres, non, ses somptueuses lèvres s'étirèrent en un merveilleux sourire. Le plus beau que je n'avais jamais vu, et me révéla une fossette agrémentant son grain de beauté sur sa joue droite.

— Mais si vous voulez, je me tais ?

Je mimais de refermer la fermeture éclair

imaginaire sur ma bouche.

— Ce serait préférable, oui.

Alors qu'il venait de me scruter un long moment sans que je ne sache ce qu'il pensait de moi, son visage prit une teinte plus sombre.

— J'en ai une question, moi, pour vous.

— Allez-y.

J'étais ravie qu'il s'intéresse un peu à moi.

— Pour quelles raisons alliez-vous passer le réveillon chez les Carlton ? Vous êtes de la famille ? Une amie proche ?

Je restai abasourdie.

— Comment savez-vous où je me rendais ?

— Si l'on écarte l'abri de chasse, il n'y a qu'une seule résidence sur cette route. Je ne pense pas que vous alliez chasser dans cette tenue.

— Forcément ! Vous connaissez le coin comme votre poche.

— Je suis né entre ces murs et j'ai vécu toute ma vie ici.

— Vous parlez comme si vous étiez vieux ! dis-je,

bourrue. Vous n'avez que trente ans, et donc toute la vie devant vous. Vous devriez voir le monde et sortir de votre trou perdu... (Je me tus.) Désolée, je suis encore allée trop loin.

— Non, non, vous avez raison.

— Pourquoi vivez-vous de cette manière ?

Il se redressa dans un grincement horrible et apposa ses coudes sur ses cuisses.

— Vous savez quoi ? Nous allons jouer à un petit jeu qui consiste à se poser des questions, puisque vous semblez aimer ça. Nous répondrons en toute franchise chacun notre tour. Cependant, nous aurons le droit à trois jokers. Certaines choses ne sont pas bonnes à dire. D'accord ?

Enthousiaste, j'acquiesçai en hochant la tête.

— Commencez ! dis-je, enjouée.

— Je vous repose la question : pour quelles raisons alliez-vous chez les Carlton ?

— Je sors avec Jason Carlton, le digne fils de la famille depuis deux mois.

Il se passa de commentaires, mais il me dévisagea d'une manière peu plaisante. Il me jaugeait, me sondait. Son regard était déroutant, et j'avais la désagréable sensation qu'il me pensait idiote. C'était presque blessant.

Hésitante et déconcertée, je posai ma question :

— Vous êtes célibataire depuis longtemps ?

— Oui.

Son visage se fendit à nouveau d'un sourire. Puis il se laissa retomber sur le dossier de son assise de cow-boy. Son geste occasionna le balancement de celui-ci, mais il l'interrompit.

— Vous pourriez préciser ! râlai-je. Vous ne jouez pas le jeu à cent pour cent.

Il rit d'une manière à la fois agaçante, mais qui sonna douce et franche à mon oreille.

Pourquoi étais-je obligée de me sentir attirée par tous ce qui portait un pantalon, une barbe naissante et des yeux à mourir tant ils étaient magnifiques, érotiques, envoûtants, et j'en passe.

— À vous de poser des questions qui m'empêchent de répondre par de simple oui ou non.

— Vous êtes un petit malin !

— J'avoue. On me l'a souvent dit.

— « On vous l'a » ? Pourquoi parlez-vous au passé ?

Il secoua la tête et objecta :

— C'est à mon tour de poser une question, ne trichez pas.

— Je ne triche pas.

Il haussa les épaules avant de demander :

— Ok. Vous aimez votre petit ami ?

— Qui ? Jason ?

— Oui.

— Il. Euh. Ça ne fait que deux mois. Disons qu'il est craquant et… et… (il rit de plus belle) Pourquoi vous vous moquez ?

— Vous n'avez pas l'air convaincue.

— Quoi ? Vous avez déjà aimé quelqu'un en un claquement de doigts, vous ? Pas moi !

— Cela m'est déjà arrivé, oui, éluda-t-il.

Mais il avait activé ma curiosité. J'étais prête à le mitrailler de questions au sujet de cet amour, qui, semblait-il, perdu, mais mon ventre se mit à gargouiller d'une manière horriblement gênante.

— Vous avez faim ? s'enquit-il aussitôt.

— Oui, étant donné que nous sommes le jour du réveillon, je m'apprêtais à beaucoup manger, donc j'ai zappé les premiers repas de la journée.

Soudain décontenancé, il se pinça la pyramide nasale et fuit mon regard. Se levant, il quitta la pièce. Il était de notoriété publique que les hommes parlaient peu, mais Samuel Davis obtenait la palme d'or dans cette catégorie.

Je me levai et décidai de faire ce que je faisais le mieux : fouiner. Passant en revue un à un les vieux livres sur l'étagère, je découvris des recueils de poésie datant des années soixante pour la plupart, écrits par des auteurs inconnus. Tournant sur moi-même, je scrutai à nouveau la pièce exiguë. Comment cet homme parvenait-il à vivre dans un environnement dénué de toute modernité, loin de tout, avec pour seul chauffage une cheminée et des livres pour seuls compagnons ?

— J'ai trouvé ça. Ce n'est pas digne d'un repas de réveillon, mais cela fera sûrement l'affaire, non ?

Réapparaissant, il me tendit une boîte de conserve,

apparemment des petits pois carotte.

— Vous n'avez pas pu chasser ces derniers jours ? Vous n'avez pas un bon gigot de chevreuil ou un truc du genre pour accompagner ces petits pois ?

Visiblement agacé par mon ton hautain et rieur, il posa sans délicatesse la boîte sur la table et marmonna dans sa barbe :

— Non, je n'ai que ça.

Je m'emportai.

— Écoutez, je suis trempée, je suis gelée, et je meurs de faim. Vivre comme cela est peut-être votre trip. Mais pas le mien ! Alors, s'il vous plaît, n'y a-t-il vraiment aucun moyen de me descendre dans ce fichu village afin que je puisse retrouver la civilisation ?

Il jeta un bref coup d'œil à l'unique fenêtre.

— Il fait nuit, il neige à gros flocons, et la température ne doit pas excéder le moins dix. Le village est situé à plus de dix kilomètres d'ici. Je n'ai aucun véhicule. Le bois est infesté de loups. Vous aventurer dehors à cette heure-ci est suicidaire.

Il reprit son souffle et planta des yeux pesant sur les miens.

— Je ne souhaite pas avoir votre mort sur la conscience. Je suis peut-être d'un autre temps, comme vous dites, mais je me préoccupe des gens qui foulent mon sol. J'ai des valeurs. Choses que beaucoup de personnes, à cette époque, semblent avoir oubliée.

Sa voix était posée et bienveillante. Son visage était ferme, et cette lueur de tristesse et de sincérité mêlées dans ses yeux me fit regretter de m'être montrée aussi peste et rude avec lui. Il se souciait de moi, alors que nous ne nous connaissions ni d'Ève ni d'Adam. Combien de personnes dans mon entourage auraient fait montre d'une telle charité ? Très peu, voire personne, je devais l'admettre. Ils m'auraient laissée mourir de froid dans la neige.

Je repris place sur le canapé et ne prononçai plus un mot. Il resta droit comme un I et m'observa, incertain. Je vis bien qu'il ne savait pas quoi faire de moi et que je représentais un élément de trop dans son univers. Je devais l'admettre, il fournissait des efforts.

Il ouvrit la boîte de conserve et la vida dans une vieille casserole en fer usée et cabossée. Il la posa ensuite sur une grille dans le foyer de la cheminée et, à l'aide d'une cuillère en bois, il remua lentement le contenu pendant quelques minutes, là, sans un mot. Seul le crépitement du feu vint déranger ce calme apparent.

Je ne le quittais pas du regard. Cet homme avait énormément de prestance, un charisme et une gestuelle plus que sensuels. Ses mouvements étaient légers, gracieux. Mon esprit dérivait et s'imaginait de nombreuses choses inavouables contre mon gré. Ses mains, ses bras, ce buste solide donneraient le tournis à n'importe quelle femme, moi la première. J'en perdis toute notion de la réalité et j'oubliai le couple que nous formions, Jason et moi. Était-ce mal ? N'était-ce pas la preuve évidente que ce couple était voué à l'échec ?

— Surveillez le plat ! Je reviens.

Nerveuse, je sursautai au son de sa voix et me levai péniblement de mon assis pour rejoindre le feu, alors qu'il regagnait la pièce d'à côté. Quand il revint il me tendit des vêtements pliés.

— Ce n'est pas votre taille, mais ils ont l'avantage d'être secs.

Je le remerciai avec une certaine retenue.

— Je peux me changer où ?

D'un geste de tête, il m'indiqua la deuxième porte qu'il n'avait pas encore franchie. Intriguée, je m'y aventurai et découvris une chambre plongée dans une semi-pénombre. L'absence de fenêtre accentuait cette impression, ce qui soulignait le caractère rustique de l'endroit et qui donnait une raison évidente à l'odeur de renfermé. Laissant la porte entrouverte, je permis à la lueur vacillante des bougies et aux flammes dansantes dans la cheminée de pénétrer dans la pièce. Je m'assis sur le matelas bosselé du lit en fer forgé, quand soudain, les ressorts du sommier émirent un grincement strident. Je me crispai, puis passai un doigt sur la poussière de l'unique meuble après le lit ; une table de nuit. Ne faisait-il jamais le ménage ? Mon regard s'arrêta sur les journaux étalés au sol. Il était certain que non.

Peu importe, je me dépêchai de me dévêtir, ressentant le froid mordant de la pièce contre ma peau humide. Le pull en laine, bien que légèrement trop grand, enveloppa mon corps frissonnant et le réchauffa aussi tôt. J'enfilai le pantalon de jogging et me réjouis de la chaleur avant de prendre un temps pour moi. Je devais assimiler tout ce qu'il venait de se passer. Je devais me nourrir de tout ça et laisser le hasard faire les choses.

3. Lâcher prise

Le cliquetis de ma cuillère à soupe percutant la porcelaine de l'assiette résonnait dans l'espace confiné. Le calme oppressant qui régnait dans la pièce me faisait perdre la tête. Il ne manquait plus que le tic-tac régulier d'une grosse horloge pour créer une ambiance digne d'un bon vieux western. J'aurais presque pu visualiser le cowboy rustre et ronchon se balançant sur son rocking-chair. Suis-je bête ! Je l'avais déjà devant les yeux.

Assise seule à table, je lançais des coups d'œil furtifs sur lui. Il était plongé dans la lecture d'un de ces recueils de poésie, tout cela dans un silence et ennui mortel.

Je m'efforçais de masquer mon malaise, mais chaque seconde qui s'écoulait dans cette tranquillité oppressante renforçait mon sentiment de solitude.

— Vous n'avez jamais vu quelqu'un lire ? lança-t-il sans lever le nez de son bouquin.

Je soufflai exaspérée.

— Évidemment que si.

— Alors pourquoi me fixez-vous ?

— Je… Je ne vous fixe pas. Je regarde la couverture de votre bouquin.

Un léger sourire naquit sur ses lèvres.

— Elle a l'air de vous fasciner.

Il tourna le livre et l'observa rapidement, amusé.

— Vous avez raison, ce blanc et cette calligraphie dorée sont sublimes, plaisanta-t-il.

Irritée par son petit air taquin et un tantinet séduite, je laissai tomber mes couverts sur la table.

— Pourquoi ne voulez-vous pas manger à la fin ? Je me sens seule.

— Je n'ai pas faim et vous n'êtes pas seule, je suis à un mètre de vous.

— Vous n'avez pas faim ou vous ne voulez tout simplement pas venir à table avec moi ?

Il leva enfin le nez de son livre et croisa mon regard égaré.

— Je n'ai jamais dit ça.

— C'est tout comme.

— Alors, pardonnez-moi.

Je me levai et attrapai mon sac à main, puis mon blouson que j'enfilai et me dirigeai vers la porte.

— Où allez-vous ?

— Fumer une cigarette, dis-je sur un ton peu aimable.

Visiblement surpris, il écarquilla les yeux.

— Vous fumez ?

Je sortis mon paquet de mon sac, me munis d'une cigarette et la portai à la bouche.

— Je fume, je bois et je bai…

Je me tus et repris :

— Je suis une femme moderne, ne vous en déplaise, Monsieur. D'ailleurs, à ce sujet, je vous préviens, je ne ferai pas la vaisselle.

Faire la peste était mon moyen de défense. Je ne lui laissai pas le temps de rétorquer quoi que ce soit. Je filai dehors et respirai un bon bol d'air glacial. Il caillait vraiment, ce soir-là, l'altitude n'arrangeant rien. Je fis quelques pas, allumai la cigarette et inspirai une longue bouffée, puis une autre, et me vidai les poumons de cette merde qui finirait, un jour, par avoir ma peau.

Une légère brise piquante, chargée des senteurs de résine et de froid, me donna la chair de poule autant que l'endroit où je me trouvais. Le chalet, niché au cœur de la forêt, était imprégné d'une ambiance à la fois mystérieuse et glauque. Les branches des arbres environnants craquaient sous le poids de la neige, créant une symphonie éthérée, et le vent s'insinuait entre les sapins, sifflant doucement comme une mélodie angoissante qui accentuait davantage le côté sinistre du lieu.

Je reculai et m'adossai au mur de bois tout près de la porte. Cette dernière se mit à grincer, émettant un son strident qui se mêlait aux murmures du vent. L'obscurité de la nuit enveloppait le chalet, et seules les faibles lueurs des bougies à l'intérieur projetaient des ombres dansantes sur la neige fraîche. La silhouette de Samuel émergea de cette semi-obscurité, ses mains occupées par deux verres de vin rouge qui lançaient des reflets chatoyants à la lueur des bougies.

Son visage arbora une expression mêlée d'inquiétude et d'interrogation.

— Vous devriez rentrer.

Je posai mon regard sur un des verres.

— C'est pour moi ?

D'une grimace adorable, il m'annonça :

— Vous m'avez indiqué votre habitude de boire. J'avais une ou deux bouteilles. Je me suis dit que ça vous ferait plaisir.

Qui était ce type ? Son aura éveillait en moi une étrange sensation, comme si je venais de croiser un personnage tout droit sorti d'un de ces vieux bouquins poussiéreux que l'on découvre par hasard dans une bibliothèque oubliée. Ses traits semblaient avoir été dessinés par le temps et l'isolement, et son regard, empreint d'un mélange indéfinissable de tristesse et de sagesse, me donnait l'impression qu'il portait en lui des histoires que personne n'avait jamais entendues. C'était comme si la forêt avait décidé de lui confier ses secrets les plus anciens, faisant de lui un gardien solennel et mystérieux.

— Merci, dis-je en me saisissant d'un verre.

— Rentrez, maintenant.

Je secouai ma cigarette pour lui montrer que je ne l'avais pas fini.

— Vous pouvez fumer dedans, cela ne me dérange pas.

Nos regards se plantèrent l'un dans l'autre, et je réprimai un vertige. Un frisson me parcourut l'échine, et je me mordis la lèvre. Bon sang ! Il fallait qu'il arrête de me regarder comme cela. J'avais l'impression qu'il parcourrait les lignes de mon âme, et cela me gênait autant que cela m'attirait. Je luttai contre l'envie irrépressible de me jeter à son cou comme une groupie éperdue de Justin Bieber.

Quelque peu étourdie, je finis par rejoindre l'intérieur et me calai contre la cheminée où je jetai ma cigarette une fois terminée. Il s'assit sur le canapé et croisa ses bras contre son buste d'une manière peu décontractée. Il était aussi mal à l'aise que je ne l'étais. Ça pouvait se discerner à des kilomètres. Je bus une gorgée de ce vin bon marché et m'enquis :

— Vous n'avez pas de famille dans le coin ?

Il prit un instant pour réfléchir.

— On est fâché.

Je continuai avec mes suppositions à dormir dehors.

— Vous n'êtes pas un fugitif qui se cache dans la région, au moins ?

Il rit.

— J'ai bien commis quelques erreurs dans ma jeunesse, mais non, aucun crime.

Il ne m'arrêtait pas, j'en profitais.

— Vous travaillez ?

— Je... hésita-t-il encore. J'étais artisan.

— Oh ! Et que faisiez-vous exactement ?

— J'étais menuisier. Je fabriquais des meubles et les vendais dans un magasin en ville.

Mon regard était captivé par ses mains. Un manuel, vraiment ? Mmm... intéressant. Quelle idée étrange j'avais eue de fixer ses mains. Elles étaient à se damner. J'étais prête à conclure un pacte avec le diable juste pour ressentir le contact de ces longs doigts fins qui semblaient si doux. Je devais me ressaisir. J'étais en train de fantasmer sur cet inconnu aussi mystérieux que beau.

Je déglutis et me concentrai à nouveau sur la discussion.

— Et pourquoi avoir arrêté ?

— J'ai voulu changer de vie, se contenta-t-il, accompagnant ses derniers mots d'un doux sourire.

— J'aurais une dernière question.

Il rit tout en se passant une main dans sa chevelure.

— Allez-y ! De toute manière, vous ne pouvez pas vous en empêcher.

— Où vais-je dormir ?

J'avais fait mouche.

— Oh ! Euh. Vous prendrez le lit, et moi le sofa. Ça vous va ?

— Parfait ! Je. Je vais donc finir mon verre et aller me coucher.

Il acquiesça, serein. Je devais fuir cet homme. Sa simple proximité avait allumé un brasier en moi, un brasier que je ne pouvais pas me permettre d'entretenir. Mon petit ami occupait toujours une place dans mes pensées, et pourtant, la présence de Samuel attisait une curiosité dangereuse, une attraction que je sentais grandir. Il était impératif que je m'éloigne avant que cette fascination ne devienne incontrôlable.

— Faites comme chez vous.

Lorsque je posai le verre sur la poutre de la cheminée, prête à m'éclipser, il se leva d'un bond. Le genre de politesse qu'on n'observait plus depuis des lustres, un : « Je vous raccompagne, Mademoiselle ? » Mon cœur s'emballa, et une tension palpable s'installa entre nous. Les quelques centimètres qui nous séparaient soudain m'attiraient bien plus que je ne l'aurais avoué.

Je parcourus son torse lentement des yeux, laissant glisser mon regard sur chaque courbe, chaque muscle. Remontant finalement jusqu'à son visage, mes yeux s'attardèrent sur ses lèvres dans une longue inspiration. Son regard, scintillant de douceur, renforça l'intensité de la situation.

— Je… je… bégayai-je en montrant du doigt la porte derrière lui.

— Allez-y…

— J'y vais…

— Je…

— Vous ?

J'hésitai, captivée par son regard.

— Vous me barrez le chemin, dis-je, la gorge nouée.

— Oh ! Désolé.

Il haussa les sourcils et se décala d'un pas sur le côté. L'espace qu'il me laissait était si étroit que je fus contrainte de me frotter à lui pour passer. Malgré l'embarras, je ne pus m'empêcher de profiter un peu de cette proximité.

— Bonne nuit, dis-je simplement.

Il garda le silence, mais dans cette retenue, je perçus une tension palpable, une électricité entre nous qui s'épaississait dans l'air.

4. Au-delà de l'attraction

Allongée sous les deux couvertures en laine, je luttais contre le froid qui s'insinuait dans la pièce, la température ne devait guère excéder les moins dix degrés. Quant aux ressorts du matelas, ils semblaient déterminés à me rappeler leur présence à chaque mouvement. À chaque tentative pour trouver une position confortable, le métal du sommier grinçait, créant une cacophonie irritante dans le silence glacial de la nuit.

Je me retournai sans cesse, l'esprit tourmenté par l'idée de ce que mon réveillon aurait été si cette maudite voiture ne m'avait pas abandonnée. J'aurais certainement dégusté des mets délicieux dans un chalet chaleureux, bu jusqu'à plus soif, et... J'aurais essuyé les piques acerbes de ma belle-mère, son regard chargé de mépris perçant comme des lames. J'aurais été assaillie par des conversations épuisantes tout au long du repas, des discussions superficielles, des revendications, et des commérages incessants. Je me serais forcée à sourire, à participer à cette comédie familiale, peut-être même aurais-je eu mal à la mâchoire à force de maintenir cette façade.

Finalement, je ne pouvais m'empêcher de penser que, même avec la solitude glaciale qui m'entourait ici, les échanges silencieux avec Samuel, je n'étais, en fin de compte, pas plus mal.

Dans l'incapacité totale de trouver le sommeil, je quittai le lit, puis avançai à tâtons dans l'obscurité de la chambre. Malgré mes efforts, je parvins à sortir sans trop de dégâts, à l'exception d'un orteil plié contre le montant de la porte. Retrouvant la chaleur réconfortante de la cheminée, mes yeux se posèrent sur Samuel, étendu sur le sofa avec un bras replié sur son visage et sa couverture glissée au niveau du bas-ventre. Un pincement à l'estomac m'étreignit en le découvrant torse nu.

Sur la pointe des pieds, je me dirigeai vers le foyer pour y puiser un peu plus de chaleur.

— Vous ne dormez pas ?

Surprise, je fis volteface.

— Il fait trop froid et le matelas est un supplice pour le dos et les oreilles.

Je le détaillai et ajoutai :

— Et vous ? Vous n'avez pas froid ?

— Non. Je ne crains pas le froid. Vous voulez qu'on échange ?

Je culpabilisai :

— J'ai déjà été assez pénible avec vous. Je ne veux pas abuser de votre hospitalité.

— Sinon, venez ?

Il se décala contre les dossiers et souleva sa couverture.

— Quoi ? Avec vous ? Contre vous ? là ?

Je me sentais incroyablement naïve. Il était évident qu'il me proposait de dormir contre lui. Une tentation à laquelle je brûlais d'envie de succomber. Cependant, une vague de raison et de prudence m'envahit. Mon cœur palpitait d'excitation, mais ma tête me rappelait que c'était une situation inappropriée. Je pris une profonde inspiration, essayant de maîtriser mes émotions.

— Navré ! Oui, c'est idiot, s'excusa-t-il. Je n'aurais pas dû vous proposer ça, c'était malvenu.

— D'accord. Je viens.

— Vous acceptez ?

— Pourquoi pas, après tout ? par ce froid de canard, quoi de mieux que la chaleur humaine ?

— C'est ce que je me suis dit.

Son sourire éclatant dévoila une petite fossette que mes yeux n'avaient cessé de remarquer tout au long de la soirée. Mon cœur battait la chamade, et, succombant à une soudaine envie, je me laissai aller. Je m'approchai et pris place à ses côtés. L'atmosphère se chargea d'une confusion palpable, nos gestes trahissant une gêne partagée. La proximité que nous tentions maladroitement de maintenir sur le canapé étroit n'arrangeait en rien notre embarras mutuel.

— Pourquoi ne vous mettriez-vous pas sur le côté ? Comme ça, vous prenez toute la place, suggéra-t-il.

Allongée sur le dos, je relevai les yeux et fus surprise par la proximité de son visage au-dessus du mien. Je pouvais même sentir son haleine fraiche et chaude sur mon nez gelé.

Je me conformai à sa demande. Sentant maintenant sa présence dans mon dos, je mordis ma lèvre, essayant tant bien que mal de contenir une excitation soudaine, née de l'intimité de notre position. Le sentir si ferme derrière moi était un réel supplice.

— Vos pieds sont glacés, murmura-t-il à mon oreille.

Mon ventre se noua à ce son délicieux.

— Pardon.

Je retirai mes pieds de contre ses tibias et tentai de trouver une position confortable.

— Pourriez-vous cesser de gigoter votre... votre derrière...

Cette fois, je lâchai toute la tension, j'éclatai de rire et me retournai contre lui.

— Vous venez vraiment d'utiliser le mot « derrière » ?

— Apparemment..., dit-il, lui-même déconcerté.

— Vous êtes un drôle de phénomène, Samuel.

— Puisqu'on en est à dormir ensemble, vous pouvez m'appeler Sam, non ?

Je hochai la tête.

— Parfait, Sam.

Il était difficile de demeurer impassible devant cet homme, dont le regard combinait perspicacité et douceur, une beauté énigmatique. Son tic de s'humidifier les lèvres à chaque fois qu'il me fixait était à la fois troublant et captivant.

Le jeu de la lumière des bougies dansait sur ses traits, accentuant la profondeur de ses yeux bleus. Ses cheveux bruns, épais et en bataille, donnaient une touche sauvage à sa prestance. Lorsqu'il esquissait un sourire en coin, la petite fossette se creusait et réhaussait son grain de beauté, j'adorais ça. C'était idiot, mais oui, j'aimais l'observer.

Au fil des instants, je ressentais une connexion indéniable, une attraction magnétique qui semblait se jouer des mots et s'exprimer à travers les regards et les gestes. Mes résolutions vacillaient devant la possibilité de me perdre dans le mystère qui l'enveloppait.

Il m'entoura de ses bras.

— Un peu plus de chaleur, susurra-t-il.

— Merci.

Sans la moindre hésitation, je me serrai contre lui et reposai ma tête sur son torse. L'envie de le toucher avait pris le dessus, éclipsant toute retenue. Je semblais lui plaire et il me plaisait. Ma main remonta lentement, explorant le chemin entre ses pectoraux sculptés. La chaleur de sa peau se diffusa à travers tout mon être, et son souffle, lent et court, effleura le haut de mon visage. Je ne devais pas, mais ma raison semblait s'être évaporée sans demander mon avis. En vingt-huit ans, je n'avais jamais franchi la ligne de l'infidélité, malgré des pulsions parfois intenses. Cependant, quelque chose chez lui me poussait audacieusement au-delà de mes propres limites. Il détenait ce je-ne-sais-quoi, cette petite étincelle qui touchait quelque chose en moi d'inexpliqué. Cela allait au-delà de l'attraction, au-delà du physique.

Avec une lenteur délibérée, je relevai le menton, plongeant mon regard dans le sien où ses paupières étaient mi-closes. Le rythme de sa respiration s'accéléra, en parfaite harmonie avec la mienne. Pourquoi hésitait-il ainsi ? Pourquoi imposait-il une retenue, tandis que de mon côté, toute forme de maîtrise semblait s'évanouir ?

— Nous ne devrions pas, souffla-t-il.

— Je sais. Oui.

Ces paroles furent murmurées avec une sensualité si profonde et une peine si intense que mon esprit en saisit l'opposé. Mon menton s'éleva. Mes lèvres effleurèrent les siennes. Mes doigts glissèrent le long de sa nuque, l'attirant à moi. Il se raidit, mais sa bouche commença à m'accueillir dans un gémissement sourd.

Entraînée par ce baiser, toute retenue s'évapora. Je m'emparai de lui, presque tremblante d'impatience tandis que ses mains s'aventuraient sous mes vêtements, remontant le long de mon dos. Mes doigts s'enfoncèrent dans ses cheveux. Il se décala. Rapidement, je me retrouvai sous lui, à sa merci. Mon corps frémissait, mes mains agrippées à ses épaules, et nous nous donnâmes l'un à l'autre avec une douceur et une tendresse inouïes, dépassant toutes mes expériences antérieures.

59

5. Sacrebleu !

Au réveil, la clarté du matin filtra à travers l'unique fenêtre, m'enveloppant de douceur. Le reste de ma nuit avait été parfaite, empli d'amour, de tendresse et de volupté. Nos corps s'étaient trouvés comme une évidence, dans une justesse précise. Cela avait été phénoménale, incroyable. Mon sourire matinal en était une preuve indéniable. Je m'étirai, tendant mes bras puis mes jambes, et réalisai que Samuel n'était plus à mes côtés. Encore drapée dans ma nudité, je fus saisie par une bouffée de froid qui me glaça jusqu'aux os. M'emparant de la couverture à portée de main, je l'enroulai autour de moi pour apaiser ce frisson soudain.

Mon regard, encore embrumé par le sommeil, se dirigea vers la cheminée. Là, je constatai que le feu avait complètement décliné. Aucune flamme, plus aucune braise, seulement une résiduelle trace de chaleur évaporée dans l'air.

— Samuel ?

Je tendis l'oreille. Aucun bruit. Mon sourire se fana.

À chaque expiration, une buée s'échappait de ma bouche, dessinant des volutes éphémères dans l'air glacial. Mes narines, piquées par le froid, me rappelaient la température hostile de la pièce. Super ! J'allais avoir un style fantastique, être à la pointe de la séduction. Il me fallait trouver un miroir au plus vite pour évaluer l'ampleur de ce "look" inattendu.

— Samuel ? Vous... Je peux te tutoyer ?

Toujours en quête de réponses, j'embrassai le courage à pleines mains et me libérai de la couverture pour saisir les vêtements éparpillés sur le sol.

Inévitablement, dans ma hâte, je faillis m'étaler lamentablement en enfilant le bas de jogging. Je réussis à me rattraper de justesse au rocking-chair qui, sous mon poids, se brisa en un craquement déplorable.

— Putain !

Cette chaise avait enduré le poids de Samuel toute la soirée, mais le mien, elle l'avait supporté à peine une seconde. Je tournai sur moi-même pour trouver un semblant de cafetière. Si je n'avais pas un café au réveil, je mourais ! Non ! j'étranglais le premier venu.

Mon regard scruta les alentours avec une intensité grandissante. Quelque chose me semblait étrange par rapport à la nuit précédente. Je ne pouvais pas le définir, mais un pressentiment dérangeant s'emparait de moi.

Parcourant les lieux du regard, je me plantai devant la porte que Samuel n'avait cessé d'emprunter la veille. Sans plus attendre, je m'y faufilai. Il ne s'agissait que d'un débarras renfermant d'anciennes boîtes de conserve poussiéreuses, quelques vêtements, draps, et autres objets datant des colonisations.

Bon O.K ! J'exagérai un peu.

Si je n'avais pas passé la soirée avec Samuel ici, j'aurais pu me dire que ce chalet était à l'abandon depuis des années.

Je parvins enfin à dénicher du café en poudre dans un vieux pot en verre et me mis en quête d'une casserole. Une fois mon trésor trouvé, je me dirigeai vers l'évier. Toutefois, lorsque j'ouvris l'arrivée d'eau, un grand vide accueillit mes attentes. Frustrée, je déchaînai ma rage en frappant le robinet de toutes mes forces. Il était évident que les tuyauteries avaient dû geler. Ma seule option pour obtenir de l'eau était de récolter de la neige pour la faire fondre. Mais pour ce faire, je devais d'abord rallumer la cheminée.

Sans surprise, le dessous du foyer était totalement dépourvu de bois, aucune bûche ni même une brindille à l'horizon. Dépitée, je me glissai dans mon blouson, enfilai les bottes que je trouvai près de la porte et sortis. Heureusement, le soleil était au rendez-vous, mais la nuit avait réservé une autre surprise. Des congères s'étaient formées pendant son règne, recouvrant une bonne partie du chemin qui serpentait jusqu'à je ne savais où.

Malgré l'enfer que je vivais, la vue depuis cet endroit était une toile vivante de beauté. Là-haut, un aigle majestueux planait gracieusement, ses ailes déployées offrant une danse aérienne. Les cheminées des maisons de Pins Valley crachaient leur fumée, créant des tourbillons qui se mêlaient aux nuages.

La vallée, blanchie par la neige, ressemblait à une carte postale de Noël. Les toits des bâtisses scintillaient sous les rayons du soleil, et l'ensemble du village semblait figé dans un calme féerique. Cette scène, digne d'une peinture, contrastait étrangement avec le chaos qui régnait dans mon esprit.

— Samuel ?

Je tentai encore, espérant le trouver à proximité. Les traces de pas dans la neige étaient là, mais légèrement recouvertes d'une fine pellicule. À quelle heure avait-il quitté le chalet, et surtout, pourquoi ? Mes pensées s'embrouillaient d'inquiétude. Je scrutai les empreintes du regard, suivant leur parcours qui s'enfonçait dans l'épaisseur du sous-bois. Les arbres se dressaient tels des seigneurs autour de moi, leurs branches formant un entrelacs mystérieux au-dessus. La neige, parsemée de reflets argentés, accentuait le silence du lieu, créant une atmosphère à la fois calme et énigmatique.

Malgré mon inquiétude croissante, je décidai de contourner le chalet à la recherche de bûches. Sous un abri peu efficace, un monticule de neige recouvrait les quelques morceaux de bois que je trouvai. L'idée de les utiliser s'amenuisait rapidement.

Abandonnant cette quête, je retournai à l'intérieur pour saisir mon sac à main. L'espoir de capter un signal téléphonique à proximité me poussa à m'aventurer dans la neige autour de la propriété, mais comme je m'y attendais, toujours aucun réseau. Ma situation devenait de plus en plus préoccupante.

— Samuel ? Tu es là ?

Agacée et perdant patience, je criai plus fort, espérant qu'il entendrait. Le silence environnant absorbait mes appels, renforçant mon agacement. Les contours du chalet semblaient s'élargir dans l'isolement de la neige. Je me remémorai alors ce qu'il m'avait dit hier soir. George, le voisin le plus proche, passait tous les jours ici de bonne heure pour se rendre au village.

Abattue et abandonnant tout espoir de pouvoir déjeuner, je m'assis sur les marches devant la porte d'entrée. Je m'emmitouflai dans mon blouson et me recroquevillai. Heureusement, le soleil d'hiver me réchauffa le visage. C'était mon seul lot de consolation.

Je soupirai, éreintée par la situation dans laquelle

je me trouvais. Pourquoi m'avait-il abandonnée ? Était-il allé chasser ou était-il descendu au village nous chercher quelque chose à manger ? Il avait peut-être fui. Ce que nous avions fait cette nuit l'avait peut-être effrayé ? Les hommes, en général, prenaient facilement la fuite lorsque cela se compliquait, j'en savais quelque chose ! Il y avait eu cet ex, Jim, qui avait disparu sans laisser de traces après que je l'ai eu amené chez mes parents, et cet autre, Rubain, qui avait pris peur dès que je lui avais parlé de fiançailles. Étant solitaire, il avait peut-être eu peur. Et moi ? Allais-je pouvoir regarder à nouveau Jason dans les yeux ? Non. Il était clair que tout allait être fini entre nous.

Bon sang ! Qu'avais-je fait ? Je ne connaissais même pas ce type, et pourtant, il semblait avoir imprégné chaque cellule de mon corps. Il avait laissé une empreinte indélébile. Son image hantait mes pensées, comme une mélodie entêtante qui refusait de quitter mon esprit. Chaque détail de notre rencontre, de notre soirée, chaque regard échangé, s'était enraciné en moi d'une manière déconcertante. C'était comme si ma cervelle gelée avait fait un tilt sur lui, le transformant en une obsession inexplicable.

Je me réprimandai et me traitai de tous les noms, puis me tus lorsque le bruit d'un moteur brisa le silence environnant.

Un vieil homme à la barbe blanche et bonnet vert s'arrêta devant le chalet, puis ouvrit la vitre de son véhicule.

— Que faites-vous ici, ma p'tite dame ? cria-t-il afin de recouvrir le bruit du moteur.

— Rien ! dis-je, terrassée, tout en me levant et rassemblant mes affaires. Pouvez-vous me descendre au village ?

— Avec plaisir ! Montez !

— Merci.

Je ne me fis pas prier et m'installai dans le vieux 4x4. Tant pis pour Samuel. Il n'avait pas qu'à me laisser poireauter seule dans ce froid glacial. Un agacement mêlé à un soupçon de déception me traversa. Pourquoi n'avait-il pas laissé un mot ? Ne savait-il pas écrire ?

— Vous faisiez quoi au chalet Davis ? me demanda le vieil homme aux traits marqués par le temps, mais empreint d'une gaieté contagieuse.

— Je suis tombée en panne ; j'y ai passé la nuit.

— Oh ! C'est donc votre voiture en haut. Vous avez passé la nuit toute seule ?

Il prit la route.

— Non. Samuel m'a accueillie. Le hic, c'est que ce matin, il a pris la poudre d'escampette sans prévenir. Je ne sais pas où il est passé.

Il me regarda de travers, les sourcils froncés.

— Samuel ?

— Oui. Samuel Davis. L'homme qui vit ici.

Il éclata d'un rire aigu qui le priva de toute parole pendant quelques secondes. Il dut même s'arrêter sur le bord de la route pour éviter de nous envoyer valser dans le décor.

— Sacrebleu ! C'est la meilleure de l'année celle-là !

— y'a quoi de drôle ?

Il m'avait jusque-là paru sympathique avec ses airs de Père Noël. Désormais, une envie folle de lui faire avaler le volant me prit tant son rire moqueur m'irrita.

— Samuel Davis est mort depuis bien trente-cinq ans, maintenant. Alors, je ne sais pas avec qui vous avez passé la nuit, mais ce n'était sûrement pas avec ce pauvre vieux Sammy.

6. Samuel Davis

Je m'enfonçai dans le siège, le cœur battant à tout rompre. Le dégoût, la trahison, et le sentiment d'avoir été utilisée me submergèrent. Qui diable était ce type qui s'était fait passer pour Samuel ? Peu importe, il avait réussi à se jouer de moi avec une facilité déconcertante.

Je soupirai de désespoir et de honte tandis que George reprit le chemin.

— Votre nom est bien George ? demandai-je.

M'avait-il au moins raconté quelque chose de vrai ?

— Oui, ma petite dame ! Comment le savez-vous ?

Je serrai mon sac à main contre moi, histoire d'avoir un semblant de réconfort, quelque chose de familier à quoi me rattacher.

— Je le tiens de Sa... de l'homme qui m'a accueillie hier soir.

Il se contenta d'un geste de tête et son silence ne fit qu'accroître mon obsession pour le menteur, l'usurpateur d'identité.

— Vous connaissiez bien Samuel Davis ?

— Sammy ? C'était mon ami. On était très proche.

— Il avait votre âge ?

— Nous avions deux ou trois ans d'écart, il me semble. J'étais plus âgé.

— Et vous avez quel âge, aujourd'hui ?

— Houlà, ma p'tite dame ! Je vais sur mes soixante-dix ans. Je ne suis plus tout jeune.

Ma gorge se serra, et mes yeux s'écarquillèrent d'incrédulité. Impossible... Samuel, le Samuel dont parlait Georges, était mort depuis tant d'années.

— Quand est-il mort ?

Il réfléchit un court instant.

— Il me semble qu'il nous a quittés au réveillon 1980.

L'obsession de comprendre grandissait en moi

tandis que le paysage hivernal glissait sous mes yeux. Toute cette histoire était dénuée de sens.

— De quoi est-il mort ?

— D'un accident de voiture dans le virage des louves.

— Le virage des louves !

— Le virage où vous êtes tombée en panne, ma jolie.

— Qu'allait-il faire là-bas ? Cette route mène au chalet des Carlton ou au cabanon de chasse.

Il rit une fois encore et quand il reprit son sérieux, il me jeta un coup d'œil espiègle.

— Sam était un très bel homme. Il était courtisé par des tas de femmes, dont Evelyne Carlton. Si vous voyez ce que je veux dire… ?

— Il avait une relation avec Evelyne Carlton ? La mère de Jason ?!

— C'est exact ! Et personne ne pouvait lui en vouloir, elle était si belle. Certains ragots disent que c'est le vieux Carlton qui aurait trafiqué les freins de la voiture de Sammy, le jour de son accident.

C'était encore plus insensé que ce que je m'étais

imaginée.

— Vous pensez à un meurtre ?

— Je ne pense à rien, ma p'tite dame !

— Co...comment était-il physiquement ?

— Comme je vous ai dit, c'était un bel homme. Grand, yeux clairs et baraqué. Il était menuisier et ven...

— Vendait ses meubles dans un magasin au village, poursuivis-je à sa place.

Il rétorqua, perplexe :

— Vous avez l'air bien informée. Pourquoi me poser toutes ces questions ?

— Il faut croire que mon faux Samuel en savait un rayon sur le vrai, dis-je en grommelant, furieuse de m'être faite avoir par un usurpateur.

George détourna son attention du chemin et m'observa.

— Sacrebleu ! lâche-t-il, l'œil brillant.

— Quoi, sacrebleu ? Puis, c'est quoi cette expression ?

— Vous avez le béguin pour cet homme ?

— Non ! m'offusqué-je. Pas du tout.

Il hocha la tête.

— Si !

— Non, je vous dis. J'ai... j'ai un petit ami.

— Et ?

— Et alors : non ! Je n'ai pas... nous n'avons pas... Enfin... Zut ! Vous m'agacez à la fin !

Son rire résonna à nouveau. Mon agacement atteignit un sommet. J'avais qu'une obsession : atteindre le village au plus vite pour mettre fin à toute cette histoire absurde.

— Vous avez fricoté avec lui, rit-il encore.

— Cela ne vous regarde pas !

— Bonté divine ! Je ne serais pas si terre à terre, je croirais à votre histoire et penserais que vous avez bien eu affaire à ce bon vieux Sammy ! Il n'y avait que lui pour tomber sur une minette aussi belle que vous et vous mettre dans son lit la minute d'après.

— Vous devenez impertinent, George ! m'outrai-je.

— Le veinard.

Les mots de Georges ne m'affectaient pas vraiment.

Entendre cette vérité crue sortir de la bouche de ce vieux monsieur soulignait cruellement à quel point j'étais pathétique. Un sentiment d'embarras m'envahissait, et je maudissais chaque choix qui m'avait menée à cette situation dégradante.

— Pardonnez-moi, s'excusa-t-il. Mais votre histoire est tout de même hilarante.

Je haussai les épaules, préférant le silence pour cacher le trouble qui tourbillonnait en moi. Chaque kilomètre qui nous rapprochait de Pins Valley semblait étirer le temps, une sorte de purgatoire où je tentais de rassembler mes pensées éparpillées. L'atmosphère dans la voiture était tendue, teintée de la gêne qui pesait sur mes épaules. Un mélange de regret, de confusion, et d'une pointe d'excitation m'assaillait alors que nous continuions notre route.

Arrivée en ville, elle s'ouvrit à moi dans toute sa splendeur hivernale. La rue principale, ornée de vitrines scintillantes, semblait extraite d'une carte postale enneigée de noël, ce qui adoucissait un tant soit peu mes nerfs en fusion. Je posai les yeux sur les passants, bien emmitouflés dans leurs anoraks, qui déambulaient en famille avec enthousiasme. L'air était imprégné du parfum alléchant de chocolat chaud et de marrons grillés provenant des stands disséminés le long de la rue. Et, malgré la température glaciale, l'ambiance était festive, les rires résonnaient entre les bâtiments, et les enfants s'adonnaient à la joie de construire des bonshommes de neige, ici et là. Tout était si vivant.

George me déposa devant chez le garagiste qui avait, heureusement pour moi, organisé une permanence le jour de Noël.

— Ma p'tite dame ! me rappela George avant de partir. Joyeux Noël !

Il ponctua sa phrase par un clin d'œil.

— Joyeux Noël !

Il s'en alla, et je m'empressai de fouiller dans mon sac pour attraper mon téléphone. Je lâchai un long soupir de soulagement en voyant les cinq barres de réseau s'afficher.

Je portai mon portable à l'oreille après avoir appuyé sur le numéro de Jason.

— Nola ! Où étais-tu !? s'égosilla-t-il. Tu nous as fait faux bond, mes parents sont déçus...

Je ne répondis pas et ne fis plus attention à ce qu'il était en train de me dire. Mon regard s'attarda sur l'autre côté de la rue, sur ce gigantesque entrepôt désaffecté.

Je levai les yeux et lus l'enseigne :

« S. DAVIS STORE »

Captivée, je traversai la rue, indifférente aux cris inquiets de Jason au bout du fil. Il criait, hurlait, mais ses paroles me passaient au-dessus. Mon attention était irrésistiblement attirée par cet ancien édifice de métal et d'acier. La vitrine était recouverte d'une peinture jaunie par le temps. Je m'avançai vers la porte d'entrée où la pancarte indiquait toujours depuis toutes ces années « Sorry we're closed ». Une fine pellicule de pollution et de poussière s'était accumulée sur la vitre. De mon poing fermé, j'essuyai l'endroit où un morceau de journal avait été scotché à l'intérieur.

Je raccrochai mon téléphone sans avoir prononcé un mot.

« Samuel Davis remporte le prix du meilleur artisan

1975 du Montana. Il est la fierté de Pins Valley (...) »

Sous le choc, ma main se posa sur ma bouche, tentant de contenir l'avalanche de questions absurdes qui déferlait dans mon esprit. J'avais l'impression de me noyer dans l'irréel, et chaque pensée qui s'imposait à moi paraissait plus invraisemblable que la précédente. Étais-je devenue folle ?

Je fus submergée par une variété d'émotions contradictoires : la tristesse, la confusion, la frustration. La tentation de pleurer, de hurler ou de maudire l'ensemble de ce monde étrange était forte.

Comment était-ce possible ? Je voulais retourner au chalet. Je devais... je... Je n'en crus pas la photo devant mes yeux. NON ! Ça ne pouvait pas être lui. 1975 ? Je n'étais même pas née et lui était pourtant déjà si... : lui !

Cette carrure, cette façon de se tenir, ce sourire éclatant, cette gaité et pourtant empreint d'une once de retenue, de pudeur, cette fossette, ces yeux pétillants, si bleus, si beaux ! Cette jeunesse. NON ! C'était irréel. Un cauchemar. Je ne pouvais pas avoir passé la nuit avec cet homme. C'était juste impossible.

Je devais comprendre ? Je voulais une explication. Une explication logique, rationnelle. Je voulais des réponses. Pourquoi n'avais-je aucune réponse ?

7. Un passé bien présent

Je ne parvins pas à me résoudre à retourner au chalet. Au lieu de cela, je passai des heures à contempler le magasin désaffecté, assise sur un banc enneigé, les fesses gelées. Chaque minute passée aux côtés de Samuel ressurgissait dans ma mémoire, m'emprisonnant dans un labyrinthe d'émotions et de pensées chaotiques.

Le vent glacial s'engouffrait dans mes vêtements, j'allais prendre froid, mais je restais là, absorbée par la vision de la devanture délabrée. Les reflets des souvenirs se mêlaient à la neige qui virevoltait autour de moi. La mélancolie m'enlaçait, et le silence de ce bâtiment abandonné depuis des lustres semblait amplifier l'incompréhension.

Chaque détail du temps que j'avais passé avec lui,

cet étranger, prenait une dimension nouvelle, empreinte de nostalgie et de questionnements. Le frôlement de ses doigts, le murmure du vent à travers les sapins, la lueur dans ses yeux, cette chaleur, cette froideur – tout cela se mêlait dans un ballet émotionnel qui laissait mon cœur dans un état d'indécision poignante. J'avais l'impression de revivre chaque instant, chaque regard échangé, comme si le temps s'était figé pour nous permettre d'exister ensemble encore un peu.

Et pourtant, une amertume indicible émergeait de cette réflexion. La réalité m'avait-elle joué un tour, ou bien était-ce un rêve qui s'était évanoui avec le lever du jour ? Mes émotions, aussi intenses soient-elles, semblaient fragiles, éphémères, comme la neige qui fondrait au contact du printemps.

Quand je me ressaisis enfin, l'on me dépanna ma voiture et je rentrai chez moi, dans mon appart en ville à Denver, Colorado. J'évitai ma famille, mes amis et Jason. Je restai blottie contre mon coussin, cocoonée dans mon plaid sur mon canapé durant des heures, des jours entiers, telle une loque humaine tout en m'efforçant de comprendre ce qui m'était arrivée. Mon entourage finit par s'inquiéter de ma santé mentale et m'obligea à revenir dans le monde réel. Une semaine, deux semaines, un mois s'écoula, et Samuel hantait toujours mes pensées. Je repris un peu goût à ma relation avec Jason. Puis, finalement, je rompus avec lui le soir de la Saint-Valentin lorsqu'il me demanda en mariage. Cela allait trop vite, et Samuel était toujours là, bien vivant dans ma mémoire. Je me trouvais pitoyable de poursuivre cette relation fantasmée sans avenir.

Pendant les vacances d'hiver, fin février, je louai un chalet à Pins Valley avec deux copines. Je prétextai l'envie de skier, mais je haïssais le ski. J'arrivai à m'échapper un instant pour retourner au chalet, toutefois je n'y trouvai rien ni personne, la propriété était déserte, vide. Je me rendis alors au cimetière du village. Je devais le voir de mes propres yeux. Je devais voir sa tombe. Il me fallait intégrer le fait qu'il était bel et bien mort que j'avais côtoyé un fantôme ou n'importe ce qu'il avait été.

Je marchai entre les sépultures d'un pas lourd et lent, me demandant quel effet aurait la vision de son nom gravé sur une pierre. J'appréhendai. Mes émotions se mêlaient à un mélange de peur et de tristesse alors que je scrutai attentivement tout ce qui m'entourait. Enfin, une inscription attira mon regard. Mon cœur se serra. Ma gorge se noua. J'avançai sans détourner mon attention de ces lettres qui m'arrachèrent les entrailles avec violence.

Devant, je me laissai tomber à genoux, les larmes au bord des yeux.

Samuel. T. Davis

1950 – 1980

La pierre tombale recouverte d'une mousse épaisse et fendue ici et là n'était plus entretenue. Personne ne semblait venir se recueillir dessus depuis des lustres. Seulement quelques pots de fleurs ornaient le sol, mais il ne restait que du terreau séché. J'essuyai la goutte qui perlait sur ma joue et ramassai un petit objet ovale et réprimai un hoquet douloureux en voyant sa photo.

— Comment est-ce possible ?

Je calai le cadre contre la pierre et me laissai

retomber sur mes talons en fixant son magnifique visage. Ce même visage que j'avais pu observer toute une nuit, cette nuit-là. La nuit la plus belle de ma vie.

— Vous êtes de retour, ma p'tite dame ?

Je me retournai.

Une pelle à neige en main, George m'offrit un large sourire chaleureux.

Je tentai de me relever.

— Non restez là. Ce pauvre Sammy n'a jamais personne avec lui.

— Que faites-vous ici ?

Il secoua l'outil.

— Je suis chargé de déblayer la neige sur les allées.

— Vous travaillez ici ?

— À mi-temps. Histoire de renflouer ma retraite.

Je me tournai à nouveau vers la pierre tombale tandis qu'il prit place à mes côtés.

— Personne ne vient donc le voir.

— Plus depuis des années.

— Il n'a plus de famille ?

— Si, une sœur, Mona. Elle vit dans un chalet situé

sur le flanc nord de la montagne.

— Elle ne vient jamais ?

Non. Elle n'est jamais venue. Même à son enterrement. À l'époque, sa mère venait, mais...

Il se tut et fit un signe du menton. Je suivis son regard et compris que la mère de Samuel n'était plus parmi nous en lisant l'inscription sur la tombe voisine.

— Et son père ?

— Il a foutu le camp alors que Sammy n'était qu'un gamin. Je m'en souviens comme si c'était hier. Il avait été dévasté, mais, du jour au lendemain, il n'a plus voulu en parler. Sammy avait cette force de caractère. Quand les gens le blessaient, il tirait un trait définitif sur eux.

— C'était un homme bon ?

— Sammy ?

Je hochai la tête.

— Un homme prêt à vous donner sa chemise, à mourir pour vous. Il avait le cœur sur la main. Il pensait aux autres avant de penser à lui-même.

— Je m'en doute, dis-je, en me remémorant ma nuit

avec lui.

Parce que oui. J'en étais certaine, c'était bien lui. Je n'avais toujours pas de réponses logiques à tout ça. Mais, la certitude était là : il s'agissait de Samuel. Personne d'autre.

J'avais effectivement ressenti sa bonté. J'avais ressenti des tas de choses magnifiques émanant de lui et c'était ce qui m'empêchait de l'effacer de ma mémoire, de tirer un trait sur cette rencontre. Le deuil est une bête indomptable, il l'était d'autant plus dans cette situation.

— Si je suis encore de ce monde, c'est grâce à lui, poursuivit George, le regard dans le vide.

Ses yeux évoquèrent le passé et scintillèrent de nostalgie. Son visage s'illumina, et le sourire ne le quitta plus. Je captai tout l'amour fraternel qu'il lui portait. Il semblait intact, comme si chaque souvenir gravé dans ses prunelles constituait un fil invisible reliant leur histoire. C'était beau à voir, c'était tendre.

— Il vous a sauvé la vie ?

— Oui, ma p'tite dame. Nous avons fait le Vietnam ensemble. Lors d'une embuscade, j'ai été blessé à la jambe. Il était devant moi. Nous fuyions pour éviter les balles et les bombardiers. Il ne m'a pas laissé tomber quand j'ai été touché. Il est revenu sur ses pas et m'a porté sur ses épaules jusqu'à ce que nos vies soient en sécurité. Il était comme ça.

— Il a fait la guerre du Vietnam, lâchai-je tout bas.

Il haussa les épaules avec nonchalance, laissant échapper un rire léger tout en secouant la tête comme s'il cherchait à dissiper un doute amusant.

— Pourquoi je vous raconte tout ça ?

Il fit quelques pas dans la neige fraîche, chaque empreinte produisant un doux crissement sous son poids. L'odeur pure et glacée de la neige fraîche emplissait l'air alors qu'il s'éloignait.

— L'épaule ! m'écriai-je tout à coup en me souvenant d'une légère marque sur l'épaule de la version de mon Samuel.

George s'arrêta brusquement et se retourna en arquant un sourcil, interloqué.

— Il a été blessé à l'épaule. J'ai vu sa cicatrice. J'avais déjà vu ce genre de blessure par balle.

— Effectivement. Il a été rapatrié à Pins Valley pour

cette raison deux ou trois mois après ma blessure. Comment savez-vous cela ?

Je me levai et m'avançai vers le vieil homme dubitatif.

— Écoutez-moi, George, aussi fou que cela puisse paraître, l'homme avec qui j'ai passé la nuit du réveillon dernier était bien Samuel Davis. Regardez la photo. C'était lui ! Lui seul ! Je ne suis pas folle. Alors à moins qu'il ait un sosie parfait, il s'agit bien de lui.

George prit un certain temps pour assimiler l'information. Son visage refléta un mélange d'interrogation, de scepticisme, puis, comme je l'avais anticipé, il éclata à nouveau de rire.

— Sammy est mort, ma p'tite dame, je suis allé voir sa dépouille à la morgue, ce soir-là, et puis, même s'il ne l'était pas, il aurait mon âge aujourd'hui.

Sur ces paroles, il s'en alla, me laissant seule avec ma propre incompréhension et une certitude grandissante au fond de moi : je n'avais pas rêvé tout ça.

Les flocons de neige tourbillonnèrent autour de moi, reflétant mes pensées agitées. L'atmosphère silencieuse du cimetière amplifia le bourdonnement de questions qui s'agitaient dans ma tête.

Déterminée à comprendre, je me dirigeai vers la sortie du cimetière. La ville de Pins Valley s'étendait devant moi, vêtue de son manteau de blanc scintillant à la lumière du jour déclinant. Une résolution profonde m'envahit : il était temps de démêler le fil des mystères qui s'entrelaçaient autour de Samuel et de cette étrange nuit.

Par où commencer ?

8. Deux jours par an

J'avais beau bouder, rechigner ou taper des pieds, Deb, ma meilleure amie ne me lâcha pas la grappe.

— Allez, Nola, bouge-toi les fesses !

— Je hais Noël...

Nous allions fêter Noël ensemble et, évidemment, nous avions choisi Pins Valley. De toute manière, cette station de ski était l'une des plus prisée du coin après Aspen alors, comment y échapper ? J'avais failli à ma mission, je n'avais trouvé aucune réponse. Je n'y étais pas retournée depuis février dernier et, aujourd'hui, cela faisait un an que cette incroyable aventure m'était arrivée. Un an que ma vie avait changé. Une année passée à me poser des questions et remettre le monde et la vie en question. Un an que je m'étais éprise d'une personne qui n'existait pas... ou plus. Je ne retrouvais plus le goût à l'amour. Aucun homme ne m'attirait, j'étais comme bloquée. Je les trouvai tous fades, sans saveur, idiots et, limite, attardés pour certains.

Deb s'inquiétait pour moi et tentait à tout prix de me caser avec la moitié de la gent masculine célibataire qu'elle croisait. C'était usant, mais, n'ayant aucune excuse, autre qu'abracadabrante à lui servir, je jouais le jeu avec difficulté.

— Allez, en voiture, Simone, raillai-je. Vu que je n'ai pas le choix. Allons à Pins Valley !

— Je ne vois pas pourquoi tu hais tant ce village ? À Noël, c'est l'endroit à ne pas manquer. *The place to be !* La magie de cette période y est bien présente. On se croirait presque dans un village de petits lutins magiques. C'est féérique. Irréel.

Elle ne croyait pas si bien dire.

Je me contentai de monter dans la voiture et de lâcher quelques « hum » bien pesés, bien placés. Nous prîmes la route et, lorsque nous arrivâmes, une heure après, j'étais submergée par cette même sensation étrange de souffrance et d'amour mélangés qui m'envahissait à chaque fois que je mettais le pied en ces lieux.

Spontanément, je dirigeai mon regard vers les hauteurs et y aperçus la pointe branlante de cheminée du chalet de Samuel.

Subitement, mes yeux s'ouvrirent en grand, captivés par une scène inattendue. Incrédule, je pressai mon visage contre la vitre froide. Était-ce un rêve ? Cela devait être un rêve. Une fine volute de fumée s'échappait du conduit. Un frisson me parcourut l'échine. Quelqu'un avait rallumé le feu. Un soupçon de mystère et d'étonnement emplissait l'air, faisant naître une multitude de questions dans mon esprit. Qui pouvait bien se trouver là-bas, dans le chalet, à raviver les braises ? Celles de l'espoir.

— Tourne ! criai-je à Deb lorsqu'on arriva à l'embranchement qui montait dans les montagnes.

— Mais ça ne va pas de hurler comme ça ?

— Tourne, là. Là !

Je lui indiquai le chemin à suivre en tapant sur la vitre.

— Mais notre chalet est de l'autre...

— Tourne, je te dis !

Le cœur palpitant, je ne lâchai pas du regard la fumée qui s'élevait dans le ciel.

— Accélère !

— Mais tu es malade ! T'as pas remarqué la neige ou quoi ? C'est quoi ton problème ? Et on va où, là ?

Je ne répondis pas et, lorsque nous arrivâmes aux abords du chalet après moultes glissades et disputes, mon cœur s'effondra.

D'une main sur la bouche, je ravalai des sanglots.

Samuel...

Il cherchait à s'échapper, une main agrippée à la poignée de la porte d'entrée, l'autre serrant une hache. Son geste fut interrompu, et ses épaules s'affaissèrent.

Il pivota lentement, et nos regards se croisèrent.

— C'est qui, ce type ?

— Tu... tu... le vois ? demandai-je, sans le quitter des yeux.

— Euh... Ouais, je ne suis pas aveugle encore.

Je détournai enfin le regard de Samuel qui ne bougeait plus et reportai mon attention sur mon amie qui le lorgnait avec des yeux écarquillés de surprise et d'interrogation.

— Deb ? Est-ce que tu pourrais retourner au village prendre les clefs du chalet, nous y installer et revenir me récupérer dans une heure ?

J'eus l'impression de lui demander quelque chose d'extrêmement compliqué.

— Pourquoi ?

— Je dois parler avec Samuel.

— Samuel ? Mais tu le connais ?

— Oui. S'il te plaît. Tu peux ?

— Euh, ouais. Mais t'es certaine ? Tu ne veux pas que je reste ?

— Promis, je ne risque rien, c'est... c'est un... un vieil ami.

— Comme tu veux. Mais appelle-moi s'il y a un souci, d'accord ?

Je m'empressai de sortir après avoir déposé un rapide baiser sur la joue de mon amie et, avant de claquer la portière, je lui indiquai, tout sourire :

— Le portable ne passe pas ici. Bisous à tout' !

Je la vis manœuvrer pour opérer un demi-tour, son

visage trahissant l'inquiétude et l'incompréhension, mais une once de confiance étincelait. Lorsque Deborah s'éloigna sur le chemin, je me tournai enfin vers Samuel. Debout en haut des marches, il me scruta, les yeux brillants, le front marqué par l'embarras. Une tension palpable semblait flotter entre nous, chargée d'émotions, comme si nos âmes avaient entamé un dialogue silencieux.

Une multitude de questions tourbillonna dans mon esprit, et rien que d'y penser, mon sourire s'élargissait. Un souvenir me revint, celui de sa réaction houleuse face à mes interrogations, et combien j'avais pris plaisir à le taquiner cette nuit-là. Mon sourire, empreint de malice, devait être contagieux, car ses magnifiques lèvres s'incurvèrent un peu plus, comme si nos pensées commençaient à se tisser en une complicité muette. Un lien tacite s'établissait entre nous, empreint de la promesse d'une conversation qui dévoilerait peut-être bien plus que des réponses. J'avais hâte, mais ne voulais pas précipiter les choses. Je voulais savourer.

En bas des escaliers, je me plantai dans la neige.

— Qui es-tu ? dis-je simplement.

Une voix, affreusement aiguë, s'échappa de ma gorge, mais peu importait. Je m'efforçai de maîtriser le flot d'émotions qui menaçait de me submerger d'un moment à l'autre. Être là, devant lui, le voir à nouveau, dépassait toutes mes espérances et surpassait même mes fantasmes les plus fous. C'était un moment inespéré, une rencontre au-delà de toutes les probabilités, et la réalité de sa présence réveillait en moi un tourbillon de sensations indicibles.

— Samuel Davis.

Mon corps s'électrisa au son de sa voix. Quel bonheur de pouvoir entendre à nouveau ce timbre profond et doux à la fois ! Mon ventre explosa, ma peau frissonna d'extase.

— Je sais ça, je l'ai toujours su. Mais tu es quoi ? Explique-moi !

Ses traits se fermèrent. Il planta la splendeur de ses yeux dans les miens, puis fit un pas et descendit une marche avant de s'arrêter.

— Je suis mort le 24 décembre 1980 à la suite d'un accident de voiture.

— Comment est-il possible que je puisse te voir et

te toucher ? Comment ma copine Deborah a pu elle aussi te voir ? Est-ce que tout le monde peut te voir ? Comment... ?

— Nola ! me coupa-t-il la parole en arborant à nouveau ce sourire charmeur. Une question à la fois, d'accord ?

Je ris, heureuse. Oui ! J'étais heureuse. Je débordais de joie, de bonheur devant cet homme, si beau, mais si... si mort. On venait de me rendre une partie de moi. Quelque chose qui était resté ici, dans ce chalet. Il me l'avait volé, il me le rendait.

— Réponds à celle que tu veux, dis-je en faisant un pas de plus vers lui.

— Je n'ai aucune explication rationnelle à te donner. (Il secoua la tête, chagriné.) Je reprends vie tous les ans durant ces deux jours. Tous les 24 décembre, je me réveille dans ce lit miteux et tous les 25 décembre, je disparais à minuit, mais, pour moi, je ne suis jamais mort.

Je fronçai les sourcils, partagée entre la perplexité et la tristesse en entendant une telle tragédie.

— C'est-à-dire ?

— Pour moi, mon accident a eu lieu il y a à peine deux mois.

— Tu veux dire que, le reste de l'année, tu... tu es nulle part, enfin ! Tu ne t'en souviens pas ? Ce qui veut dire que, pour toi, notre rencontre a eu lieu avant-hier alors que pour moi cela fait déjà un an ?

Il opina de la tête.

— C'est exactement ça. Oui.

Je ne dis plus rien en essayant d'assimiler cette situation inconcevable. Son front se barra d'inquiétude.

— Cela te fait peur ?

— Non. Non. Tu sais, j'ai toujours été un peu barrée. Alors, bon...

C'était archi faux, j'étais flippée. Il haussa les sourcils et m'interrogea du regard.

— Barrée ?

— Oh ! Euh... tordue, fofolle, d'une imagination débordante, si tu préfères.

Il rit, et j'en fis de même. Mes yeux peinaient à croire à tout ceci, mais après une année à me poser mille et une questions, je savourai la chance d'être à nouveau avec lui. Cet homme avait constamment hanté mes pensées. Il restait encore tant de choses à lui demander, tant de secrets à découvrir. Si nous n'avions que deux jours, il n'y avait plus de temps à perdre.

— Comment t'es-tu aperçu que tu ne vivais que deux jours par an ?

— Tu sais, quand tu te réveilles avec pour seul souvenir d'avoir subi un accident terrible, la première chose que tu fais, tu cherches une explication. Alors, tu vas à la rencontre de la personne qui t'est la plus proche.

— Quelqu'un ici sait pour toi ?

— Oui, viens, rentrons, tu veux ?

Il me tendit la main, et d'un geste invitant, il m'encouragea à gravir les marches. Arrivée à sa hauteur, alors qu'il s'apprêtait à ouvrir la porte, je le fis pivoter vers moi. Posant mes mains de part et d'autre de son blouson, sur son torse, je respirai profondément, m'imprégnant de cette bouffée de son parfum entêtant. C'était le même parfum qui m'avait tant manqué, celui qui avait laissé une empreinte indélébile dans mes souvenirs olfactifs. Un frisson parcourut ma colonne vertébrale, mêlant anticipation et nostalgie, tandis que nos regards se croisaient dans une complicité retrouvée.

— Samuel ? Je sais que pour toi, cela fait que deux jours, mais pour moi, cela fait un an, alors...

Je me tus lorsqu'il apposa délicatement sa main sur ma joue et caressa tendrement une de mes lèvres du bout de son pouce.

— Nola. Même si je *meurs* d'envie de t'embrasser, de te prendre dans mes bras et faire comme si nous pouvions entamer une relation ensemble, puisqu'à la seconde où j'ai posé les yeux sur toi, j'ai su que j'en voudrais plus, c'est impossible. J'en suis le premier affecté. Mais tu as ta vie. Moi, je n'ai plus que deux jours par an.

La cruauté de cette vérité m'ébranla.

9. Un amour impossible

Nous restâmes un court instant à nous regarder, à nous toucher le visage avec le même désir palpable. Il avait raison, entièrement raison. Cet amour était voué à l'échec. Mais pourquoi avais-je envie d'y croire ? Pourquoi cela me paraissait-il tout à fait envisageable ? Aurais-je été prête à sacrifier une vie pour passer deux jours par an avec lui ? À ce moment-là, je le pensais vraiment.

Bon sang ! Mes sentiments s'embrouillaient à l'idée d'éprouver quelque chose pour un homme d'environ soixante-sept ans !

C'était bien ma veine, ce genre de situation ne pouvait arriver qu'à moi.

— Pourquoi grimaces-tu ? demanda-t-il en reculant le buste pour mieux observer mes réactions.

— Tu as soixante-sept ans.

Il partit dans un éclat de rire adorable et communicatif.

— Non. J'ai toujours trente et un an.

— Tu penses que tu vieillis ?

— Je n'ai pas assez de recul pour te répondre. Comme je te l'ai dit, pour moi, cela fait juste un peu plus de deux mois. Crois-tu qu'on puisse constater qu'on vieillit en deux mois ?

Je haussai les épaules et grelottai de froid alors qu'un coup de vent ébranlait les branches des pins chargés de neige lourde.

— Allez, viens ! Rentrons au chaud, dit-il.

Je le suivis les yeux pleins d'étoiles et sur le pas de la porte, je m'arrêtai net, abasourdie.

Le bougre !

— George ?!

Assis devant la table, sirotant ce qui semblait être un whisky, il me sourit avec des yeux étincelant d'espièglerie.

— Ma p'tite dame, vous revoilà parmi nous !

Il leva son verre, un sourire malicieux étirant ses lèvres. La lueur taquine dans ses yeux me mit hors de moi.

Samuel referma derrière moi dans un grincement strident, c'était comme si chaque fibre de cette vieille porte protestait, exprimant le même agacement qui montait en moi.

— Vous ! dis-je en le pointant du doigt, rageuse. Vous m'avez menée en bateau et laissée croire que j'étais devenue folle, alors que vous étiez au courant depuis le début. Comment avez-vous osé ?

Samuel posa une main calme sur mon épaule.

— Nola, c'est ma faute. Ne t'en prends pas à lui. Il n'a fait que suivre mes instructions.

— J'ai passé une année à me morfondre en croyant que j'étais tarée ! Un an à penser à toi ! À me demander si j'avais rêvé ou non ! Si j'avais un problème cérébral, une tumeur. J'ai passé un putain d'IRM ! débitai-je sans reprendre mon souffle. Un an à me dire que j'étais tombée amoureuse d'une ombre ! J'ai le droit de me mettre en colère, bordel !

— Amoureuse ? s'estomaqua-t-il. Et... et Jason ?

— Jason ?! J'ai rompu avec lui depuis belle lurette. C'est un connard de bourge.

George partit dans une quinte de toux et le visage de Samuel se décomposa à vue d'œil.

— Quoi ? demandai-je, mi-perplexe mi-irritée face à leurs réactions douteuses.

George se leva d'un bond, tirant sur son bonnet et ajustant son blouson avec une vivacité presque comique. Un raclement de gorge annonça son intention de nous quitter. Il salua d'un geste de la main, comme s'il se retirait de scène, laissant derrière lui un public curieux et perplexe. Ce qui allait suivre n'allait pas me plaire. Non, vraiment pas.

— Je vais vous laisser, hein ? Sammy. Ma p'tite dame, bonne journée.

— Mon prénom est Nola !

Le vieil homme s'éloigna en sifflotant l'un de ces airs de Noël qui avaient le don de m'irriter. Ses pas semblaient rythmés par la mélodie entraînante, créant un contraste frappant avec l'incompréhension et l'agacement qui montaient en moi.

Je me tournai vers Samuel, les poings fermement

plantés sur les hanches, arborant une expression qui traduisait clairement mon attente. Mon regard cherchait le sien.

— C'était quoi, ça ? Pourquoi avez-vous réagi de cette manière ?

Posant délicatement ses doigts sur mon épaule, Samuel les fit glisser le long de mon bras, m'invitant ainsi à m'asseoir. Conformément à son geste, je pris place tandis qu'il tirait une chaise pour s'installer à mes côtés, se positionnant ensuite en face de moi. Ses coudes reposaient négligemment sur ses cuisses, et il attrapa mes mains dans les siennes. J'envisageai le pire.

— Le soir de ma mort, je me rendais chez les Carlton...

— Oui, grognai-je contrariée. Tu avais une liaison avec madame pincée du cul et...

Un nœud de regrets se forma dans ma gorge alors que je réprimais l'impulsion de m'exprimer.

— Navrée, je ne voulais pas le dire comme ça.

— Ce n'est pas grave.

Il me sourit tendrement.

— Et donc, tu me disais ? Promis, je garde le silence, cette fois-ci.

— Ce soir-là, en rentrant au chalet, une lettre avait été déposée devant ma porte. Cette lettre venait d'Evelyn. Elle rompait avec moi.

— Oh !

Je me réinstallai sur la chaise, sentant que ce qu'il allait partager pesait lourd sur son cœur. La gravité de ses yeux d'habitude si doux m'indiquait que cette révélation serait difficile, tant pour lui que pour moi.

— Et elle m'annonçait aussi sa grossesse.

J'écarquillai les yeux.

— Jason a un frère ou une sœur ?

— Non, pas exactement.

— Elle a avorté ?

— Non plus.

— Elle était enceinte de Jason ? Jason est...

Il prit une longue inspiration et, fermant les yeux, il déballa la vérité.

— Est mon fils.

Sous le choc, j'extirpai promptement mes doigts

des siens et reculai ma chaise.

— C'est une bague ?

Il resta dans la même position et, sans ouvrir les paupières, il secoua la tête et soupira.

— C'est bien la vérité.

— Mais, mais... dis-je aussi paniquée qu'hébétée. Mais vous n'avez jamais pu faire de test de paternité ou autre, alors il y a une chance sur deux. Enfin, je veux dire...

— Nola, elle allait se marier, souffla-t-il, levant les yeux vers moi.

— Et alors ?

— Et alors elle devait rester vierge jusqu'au mariage.

— Oh, la garce ! lançai-je sans même réfléchir. Désolée, je ne voulais pas dire ça.

Il rit tout de même.

— Tu ne la portes vraiment pas dans ton cœur, on dirait.

— Je la hais. Durant les quelques mois où j'ai été avec Jason, elle m'a rendu la vie insupportable et, depuis que je sais tout ça, votre histoire, je la hais encore plus.

Il m'attrapa à nouveau une main et m'expliqua :

— Elle n'était pas comme ça avant.

Je haussai les épaules. Je n'avais franchement pas envie de parler d'elle.

— Et donc ? dis-je.

— Et donc, quoi ?

— Qu'est-ce qu'il s'est passé avant ta mort ?

Cette phrase était complètement absurde.

— Furieux et ivre, j'ai pris le volant et j'ai perdu le contrôle du véhicule au virage des louves. J'ai dévalé la pente et ma voiture a plongé dans le ravin. Je suis mort et, le lendemain... hésita-t-il, les sourcils froncés. Enfin, l'année suivante, quand je me suis réveillé, je suis monté voir George pour qu'il m'emmène voir Evelyn. Tu t'imagines sa tête quand il m'a vu ? La frousse passé, il m'a raconté ce que j'avais manqué. Il m'a appris qu'Evelyn s'était mariée comme prévu et qu'elle avait accouché d'un petit garçon, mon fils. Elle n'a donc pas avorté. Je n'ai eu que cette consolation.

— Tu n'as jamais essayé de la recontacter ?

— Non. George m'en a empêché et, avec le recul, il a eu raison. J'aurais attiré l'attention. J'aurais fini en cobaye ou un truc du genre. Tu es la première personne après George à connaître mon existence, enfin ma renaissance, si l'on peut appeler cela ainsi.

— Cette histoire est vraiment folle !

— Elle l'est, murmura-t-il tout en me fixant avec cette tendresse qui lui était propre.

Je pris quelques instants pour assimiler son récit. Touchée par son histoire, une réflexion s'imposa. L'envie de découvrir davantage sur lui grandissait en moi, le désir de le connaître plus profondément. Une connexion, un lien indéniable existait entre nous, et je ne voulais pas le perdre. J'étais déterminée à ce que cette relation perdure malgré tout.

— Samuel ?

— Hum ?

— Passe la soirée avec moi et mon amie Deb. Passe un réveillon de Noël comme tout être humain bien vivant ? Invite George si tu le souhaites, mais...

Alors qu'il se levait, son visage exprimait un profond désarroi. La frustration et l'agacement s'y lisaient clairement. Prête à tout pour le convaincre, je pris l'initiative :

— S'il te plaît, Sammy. C'est un miracle que tu aies droit à deux jours de vie par an, alors que tu aurais dû être mort et...

— J'aurais préféré mourir ! gronda-t-il, avant de se calmer et d'adopter une voix plus douce. Je veux que cela cesse. Tu comprends ? Je vois le monde tourner à une allure folle, tandis que moi, je suis totalement impuissant ! Tu crois que c'est une chance ? C'est un enfer ! Chaque jour ou chaque putain d'année, je me demande ce que j'ai fait pour mériter ça ? Tout au long de ma véritable vie, je n'ai semé que le bien autour de moi. Ce que je vis, je ne le souhaite même pas à mon pire ennemi. Tu sais ce que j'ai fait, la cinquième fois où je suis revenu ? Je me suis suicidé. J'ai vu mon fils de quatre ans s'amuser dans la neige, heureux, alors que cela faisait à peine dix jours que j'apprenais l'existence de mon fils âgé de trois mois. Tu vois ? Je me suis suicidé, mais, le jour suivant je suis à nouveau revenu. Je ne suis même pas libre de décider de ma mort ! Quand est-ce que cela va s'arrêter ?! Venir passer la soirée avec toi et ton amie ne servirait qu'à me rappeler que, demain soir, lorsque je m'endormirai, et sûrement dans tes bras, je disparaîtrai et que quand je me réveillerai, tu ne seras plus là, car un an se sera écoulé dans ton espace-temps ! Et tu auras sûrement rencontré quelqu'un d'autre, tu auras fait ta vie. Alors épargne-moi ça et laisse-moi !

Les paroles de Samuel résonnèrent dans l'air comme un cri déchirant. Sa douleur était palpable, ses tourments évidents. La tristesse m'envahit, mêlée à une profonde compassion pour cet homme prisonnier de ce cycle infernal. Les larmes montèrent à mes yeux, témoins silencieux de la détresse qui me submergeait.

Sans un mot, je m'approchai de lui et posai délicatement ma main sur son épaule, cherchant à lui transmettre un peu de réconfort.

— Laisse-moi, murmura-t-il, refusant mon geste.

Un silence lourd enveloppa la pièce, seulement rompu par le crépitement du feu dans la cheminée. Nos regards se croisèrent, échangeant des émotions trop complexes pour être exprimées en mots. Dans ses yeux clairs, je lus la détresse qui habitait son âme, une tristesse profonde qui transcendait toute explication verbale. Mon cœur se serra devant son chagrin, et une nouvelle envie de le prendre dans mes bras me submergea, mais à mon premier pas en sa direction, il recula, érigeant une barrière invisible avec une main tendue. Cependant, je n'étais pas du genre à me laisser décourager. Je voulais gagner cette bataille, la plus importante de ma vie. J'en étais certaine.

Déterminée, j'avançai encore, ignorant ses réserves. Il continua de reculer jusqu'à heurter l'évier dans un bruit sourd. À sa hauteur, je levai doucement les mains, les posant avec précaution sur son buste. Malgré la réticence qui se dessina sur son visage, il n'émit aucune autre objection. C'était comme si ses barrières s'effritaient, laissant transparaître la vulnérabilité qu'il tentait de dissimuler.

— S'il te plaît, insistai-je.

Je souhaitais le pousser à bout.

Mes doigts glissèrent sur sa nuque, et me redressant sur la pointe des pieds, j'attirai délicatement son visage vers le mien. L'incertitude planait dans l'air, ne sachant pas s'il allait répondre au baiser que je désirais plus que tout. Avec une lenteur calculée, je m'approchai. Il semblait résister, figé comme un piquet, mais sa poitrine se soulevait lentement, par à-coups brusques. Ses yeux scintillaient avec une intensité nouvelle.

Fermant doucement les yeux, je déposai mes lèvres contre les siennes, chaudes et enivrantes. Une avalanche d'émotions me submergea : désir, plaisir, peine, rage, désespoir, mélancolie. Toutes ces sensations se bousculaient dans mon être, dans ma chair. Un son peu audible, mais si sexy s'échappa de sa gorge, un appel désespéré. Il voulait ce baiser. Son désir surpassait sa résistance. Il me désirait autant que je le désirais, une certitude qui s'ancrait profondément.

Puis vint le moment où il lâcha prise, où son besoin inonda chacune de ses cellules. Il sembla vibrer, frémir contre moi, passant ses bras autour de ma taille pour me ramener contre lui. À ce moment, je compris que plus rien ne pourrait entraver cette fusion, cette connexion. Notre bulle se formait, se construisait, et nous n'étions plus que deux âmes cherchant le contact de l'autre.

Je voulais être unie à lui, ressentir l'exaltation, la

passion. Sur le chemin de cette union, toutes les barrières, qu'il s'agisse de vêtements, de chaises, ou de tout ce qui nous séparait, tombaient à terre vaincu par la bataille de l'amour. Une fois notre objectif atteint, plus rien ne nous retenait. Nous nous goûtions, nous nous savourions, lui sur moi, moi sur lui, nous ensemble. Nos gémissements formaient une mélodie harmonieuse, la plus belle que j'aie jamais entendue. Elle effleurait mes tympans, m'emportant à mille lieues d'ici, toujours dans ses bras. C'était la complainte de deux âmes sœurs inconsolables, un chant triste et sombre, mais d'une beauté inouïe. Il me donnait son corps, je lui offrais tout mon être. Notre danse lente et passionnée nous conduisait peu à peu, chacun à notre tour, vers les portes d'un paradis jusque-là inconnu et si lointain que plus dure serait la chute.

Blottis l'un contre l'autre, seuls les crépitements du feu couvraient nos respirations haletantes. Ma main dans sa chevelure épaisse et sa tête contre ma poitrine, je me délectai de ce moment magique, cet instant que nous volions à la vie ou plutôt que nous dérobions à la mort.

— S'il te plaît, m'obstinai-je, tout en humant le parfum de ses cheveux. Viens ce soir.

Bougeant légèrement, il soupira.

— Tu n'abandonnes jamais ?

— Non.

Il se décala et s'empara de la couverture jusque-là pliée sur un accoudoir et nous enveloppa dedans. Je me mis dos à lui et profitai de ses bras forts et chauds qui me serraient avec amour.

Survolant mon oreille de sa bouche, il m'expliqua :

— Je ne peux pas descendre au village, ce serait trop dangereux. Je pourrais y croiser des gens que je côtoyais avant ou...

— Ou ta sœur ?

— Oui, voilà.

— Pour ta sœur, je comprends, mais pour les autres, tu es mort il y a plus de trente-six ans. Crois-tu qu'ils te reconnaîtraient ? Puis même, ils passeraient leur chemin. Jusqu'à présent, personne n'a ressuscité. Ils ne se poseraient même pas la question.

— Je ne veux pas prendre ce risque, Nola...

Je préférai taire le fond de mes pensées. Une déception profonde m'envahissait, une tristesse poignante face à son obstination. J'aurais tant aimé passer ces deux jours que la vie nous offrait en sa compagnie.

Lorsque je souhaitai réitérer ma supplique, le bruit d'une voiture se garant devant le chalet m'interrompit.

— Bon sang, Deb !

Je me levai précipitamment, rassemblant en hâte toutes mes affaires que j'enfilai en quatrième vitesse. Pendant ce temps, Samuel prenait tout son temps, amusé par ma soudaine panique.

— Il y a quelqu'un ? s'écria Deb d'une voix qui tremblait. Nola ?

Une fois que Samuel eut revêtu une tenue décente, j'ouvris la porte en essayant de conserver un air détaché et naturel. Immédiatement, Deborah fronça les sourcils et me passa en revue d'un regard scrutateur.

— Tu sens la baise à plein nez, chuchota-t-elle après avoir lorgné l'intérieur du chalet. Tu couches avec ce type ? Mais c'est qui ? Tu m'expliques ?

Je me contentai de lui sourire niaisement.

— Attends-moi dans la voiture, j'arrive. D'accord ?

— Mais...

Je lui claquai la porte au nez et me retournai vers un Samuel perplexe. Cela dit, il se passa de tout commentaire et, heureusement, puisque je venais d'agir bêtement. Bref, je devais trouver une solution pour le convaincre de nous accompagner.

— File rejoindre ta copine, me devança-t-il.

— Samuel, j'ai des sentiments pour toi.

Je plissai le nez et grimaçai. J'étais la plus piètre séductrice au monde. Lui balancer ça comme ça, c'était du lourd.

... La palme d'or de la plus idiote des filles de l'année fut attribuée à... Nola Parker !

— Et tu ne devrais pas, dit-il en se levant, le front barré.

La réponse qu'il venait de donner m'avait pris au dépourvu, et je peinais à retrouver mes mots.

— Je, je n'y peux rien. Ça ne se contrôle pas, ce genre de chose.

— Alors, tu ferais mieux de partir et ne plus jamais revenir.

Soudain, une énorme massue d'au moins cinq cents kilos s'abattit sur moi. Je tentai malgré tout de rester debout.

— Et c'est tout ?

J'essayai de ne pas pleurer.

— Oui, chuchota-t-il.

— On se remercie. On se dit au revoir et c'est tout ?

— Je ne vois pas ce qu'on pourrait faire d'autre, Nola.

— Passer la soirée ensemble ?

Ma voix était plus menaçante que je ne l'aurais voulu, mais j'essayais de cacher ma déception et mon envie de m'effondrer en pleurs.

— Pour que nos sentiments se développent et que l'on souffre par la suite ? C'est réellement ce que tu souhaites ?

— Nos sentiments ? m'interloquai-je.

Il détourna le regard sans répondre.

— Tu éprouves aussi quelque chose ?

Il s'assit lourdement sur l'accoudoir du canapé et je pris son silence pour un oui.

— Samuel ! Si je passe cette porte, je ne reviendrai plus !

— C'est mieux oui.

— C'est ce que tu veux ?

— Ce n'est pas ce que je veux mais ce qu'il faut.

Je m'emportai. Bordel ! Mais pourquoi ne se battait-il pas plus que ça.

— Comment veux-tu que je m'en aille si tu me dis ne pas le vouloir ?

Baissant les yeux sur ses mains, il rétorqua tout bas.

— Je veux que tu t'en ailles.

— C'est faux !

— Nola, s'il te plait, ne complique pas la situation.

Je m'avançai d'un pas, le regard noir.

— Regarde-moi dans les yeux et dis-moi que tu veux plus que tout mon départ et que je ne revienne plus jamais !

Lentement, il s'exécuta d'une voix que la douleur fit trembler ct d'un regard que la tristesse fit briller.

— Je désire que tu t'en ailles et que tu ne reviennes plus jamais ici.

Mon cœur se déchira et tomba en miette sur le plancher miteux de ce chalet.

C'était donc fini.

10. Aurevoir Sammy

Installée dans la voiture, je tentais de faire face à l'avalanche d'émotions qui m'assaillait, m'étouffait. Un vide béant s'installa au plus profond de moi, créant un manque palpable. C'était comme si quelque chose m'avait été arraché à nouveau, me laissant dans un état indéfinissable entre le désir de hurler et celui de pleurer. Pourquoi devais-je être si vulnérable émotionnellement ? On m'avait à peine accordé de l'attention, et pourtant, je me retrouvais à m'attacher à quelqu'un que je ne connaissais presque pas. La situation me semblait absurde, et je me demandais comment j'avais pu laisser tout ceci prendre le dessus de cette manière.

— Bon, Nola, tu m'expliques ce qu'il se passe ? Qui est ce type et pourquoi tu te mets dans un tel état ?

demanda Deb en prenant le chemin neigeux.

— Je suis amoureuse.

— De ce mec ! Mais c'est qui, ce type ? Il sort d'où ? Merde, Nono ! Je croyais que tu me disais tout.

Abandonnant toute réserve, je me laissai aller à lui retracer les événements de l'hiver précédent. Bien entendu, je me gardai bien de mentionner la partie déroutante selon laquelle il était décédé depuis trente-six ans. Je me concentrai plutôt sur l'essentiel : notre nuit partagée, son acte héroïque qui avait préservé ma vie, et depuis lors, la hantise obsessionnelle qui s'était emparée de moi. Chaque pensée, chaque souffle, chaque pas semblait désormais entrelacé avec l'ombre envoûtante de Samuel.

— C'est un mec à emmerdes, laisse tomber, Nono ! dit-elle en tournant dans un virage à épingle. Il doit avoir l'habitude de coucher avec tout ce qui bouge, tenta de me réconforter mon amie. Ce soir, tu vas pouvoir te changer les idées. Allez, ma belle, reprends-toi !

Je passai outre sa remarque sur Samuel qui, selon moi, était archi fausse. Il était loin d'être ce genre d'homme. Cependant, l'air narquois de Deb m'inquiéta plus que de raison. Qu'avait-elle fait encore ? Et surtout, pourquoi avait-elle insisté sur les mots « ce soir, tu vas pouvoir te changer les idées » ?

— Dis, Deb ? On fête bien Noël au chalet ce soir ? Et que toutes les deux ?

— Hum, hum, fit-elle en passant le panneau de Pins Valley.

Je me méfiai de plus en plus du sourire pas vraiment innocent qui se dessinait sur son visage.

— Deb ?

— Quoi ?

— Tu me caches quelque chose.

Face au chalet, notre refuge pour les deux prochaines semaines, elle stationna la voiture. L'air vif de la montagne me saisit dès que je sortis, et mes yeux s'attardèrent sur la structure en bois qui allait devenir notre havre de paix. Les murs en rondins semblaient solides, portant les stigmates du temps mais conservant une certaine élégance rustique. Une petite véranda s'étendait devant l'entrée, abritant quelques meubles en bois patiné par les intempéries. Des rideaux à carreaux encadraient les fenêtres, évoquant un charme chaleureux et campagnard.

Les flocons de neige tournoyaient autour de nous, ajoutant une couche de douceur à l'environnement hivernal. Les sapins alentour semblaient se pencher légèrement sous le poids de la neige fraîche, créant une atmosphère féérique.

— Bon O.K, dit-elle en fermant sa portière. Il se pourrait que j'aie invité Max et Dan.

— Quoi ! Mais non ! Tu n'as pas fait ça ! Tu n'as pas organisé un double rencard ?

— Si...

Furieuse, j'empruntai l'allée pavée et glissante qui menait à la porte d'entrée. Deb me suivit, embarrassée.

— Écoute, Nola ! Je voulais que Max vienne et je me suis dit que si Dan pouvait aussi venir, ce serait cool pour toi.

— Mais je me contrefous de Dan.

— Ce n'est pas ce que tu m'as dit le mois dernier.

— Je faisais semblant pour te faire plaisir, m'emportai-je, soulagée de pouvoir enfin le lui avouer.

— Bah, écoute, je ne suis pas dans ta tête, moi. Si tu ne dis rien aussi, je ne peux pas deviner.

— Je ne t'ai jamais demandé de me caser, il me semble ?

Aussitôt la porte ouverte, j'entrai avant que mon envie de l'étriper ne soit trop grande. L'intérieur du chalet offrait un contraste accueillant avec le froid mordant à l'extérieur. Des tons de bois chauds dominaient la décoration, créant une ambiance confortable et rustique. C'était magnifique et chaleureux. Tous ce que j'aimais, mais que je ne pus apprécier en raison de mon état d'esprit.

Je me dirigeai vers la première chambre que je trouvai, cherchant un peu de solitude. Une fois dedans, j'allai fermer les rideaux épais qui encadraient la fenêtre où filtrait une douce lumière hivernale. Satisfaite de la pénombre, reflet de mon esprit, je me laissai tomber sur la couette en patchwork recouvrant le lit sculpté en bois et enfouis mon visage dans un coussin. Je le pressai pour étouffer cette fichue confusion qui tournait en boucle dans ma tête.

Un léger toc à la porte précéda l'entrée de Deb.

— Nono, je suis désolée. Tu veux que j'annule ?

Le sentiment sincère de désolation qui émanait d'elle réussit à fissurer légèrement ma coquille d'irritation. Dans un sens, elle avait raison. Je devais parvenir à chasser Samuel de ma tête. Il avait été clair, catégorique. Il ne désirait plus me revoir.

Je me tournai vers mon amie, les yeux baignés de larmes.

— Non, Deb, ça ira. Qu'ils viennent. C'est moi qui suis désolée. Je n'avais pas à te parler comme ça. J'ai merdé.

Elle vint me câliner et partit ranger ses affaires.

Je restai dans mon boudoir un petit quart d'heure avant de me remotiver. Je tentai vainement d'oublier les yeux, le sourire, la voix de Samuel. Je m'efforçai à le détester, mais je n'y parvenais pas. Jamais je ne pourrais l'oublier, et j'allais devoir vivre avec le fait que, non loin de moi, vivais durant deux jours par an un homme mort dont j'étais raide dingue. C'était absurde ! Je finis par me mettre une bonne claque mentale et rejoindre ma meilleure amie au salon. Nous planifiâmes la soirée, le repas et partîmes pour quelques emplettes. Lorsque nous rentrâmes, on s'affaira à la préparation du dîner. Une fois nos tâches d'hôtesses presque parfaites achevées, nous nous relayâmes à la salle de bain.

Aux alentours de dix-neuf heures, je fus prête, assise sur le sofa, vêtue d'une robe de cocktails noire à paillettes et de talons hauts, devant la cheminée, à me morfondre. J'avais le cœur lourd. L'âme en peine. Combien de temps cela allait-il durer ? Il était trop tôt pour le dire mais je n'en pouvais déjà plus. Je jetai un coup d'œil à la fenêtre. Elle donnait sur la montagne déjà obscurcie par la nuit. Que faisait-il ? Pensait-il au moins un peu à moi ? Était-il triste ? Essayait-il de se donner à nouveau la mort ? Mon Dieu, c'était une horreur de m'imaginer cela.

La sonnette retentit, me faisant sursauter. Bien sûr, une lueur d'espoir traversa mon esprit, aspirant à la silhouette familière de Samuel derrière la porte. Cependant, cette espérance se dissipa rapidement à la vue de nos deux invités, Max et Dan. Armée de tout le courage possible, j'endossai mon masque habituel, celui de la jeune femme enjouée, heureuse et plaisante. Celle qui sourit et raconte des blagues pour dissimuler tristesse et embarras. Une sorte de jeune femme étourdie, mais charmante. Voilà, je me transformai en cette personne.

Je les invitai à s'installer sur le canapé et appelai Deb, qui tardait un peu dans la salle de bain. Dan, un homme d'une trentaine d'années, se révélait sympathique et ouvert d'esprit, bien que quelque peu fade et lisse, tant sur le plan physique que mental. Il aurait certainement fait un petit ami parfait, j'en étais convaincue, mais pas pour moi. En ce qui concerne Max, il était éperdument amoureux de Deborah, qui, je dois l'admettre, jouait avec lui. Elle le faisait languir, bien qu'elle soit tout aussi éprise de lui. Je ne comprenais pas comment elle y parvenait. Pour ma part, quand un homme me plaisait, j'essayais de passer autant de temps que possible avec lui, devenant parfois agaçante voire un peu collante. Mais Deb, elle, semblait avoir une approche différente. Elle arrivait toujours en retard, refusait certains rendez-vous en prétextant de fausses occupations. Je ne savais vraiment pas comment elle s'y prenait. Cependant, le résultat était indéniable. Quand elle fit son entrée dans le salon, les yeux de Max s'illuminèrent d'amour.

C'était à la fois beau et frustrant.

La soirée promettait d'être longue.

— Alors, Dan, demanda Deborah en lui servant un whisky. Ton entreprise commence à trouver des clients ?

— Oui. Je suis plutôt content. Ça démarre bien.

Dan venait de se mettre à son compte. Vendeur sur internet, il possédait un site d'achat de babioles en tout genre.

— Et toi, Nola ? Le boulot ? poursuivit-il en apposant une main sur ma cuisse.

Je me crispai à son contact.

— Bien. Tout va bien.

Sous le poids du regard insistant de Deb, je me tournai dans sa direction. Elle me foudroya des yeux et, d'un geste subtil de la main, elle me demanda d'en dire davantage, d'être plus loquace pour ne pas décourager notre invité.

— Je...

Je me tus au moment où la sonnette retentit à nouveau. Soudain, mon cœur manqua un battement.

Et s'il avait changé d'avis ? Deb me devança, perplexe, et se précipita pour ouvrir la porte. Je tendis l'oreille, captivée, pendant que Dan continuait de me parler.

— Tu disais ?

— Je...

Je m'interrompis une nouvelle fois en voyant réapparaître mon amie. Elle s'empara d'une boîte d'allumette posée sur la cheminée et disparut derrière la paroi du hall avant de revenir quelques secondes plus tard.

— C'étaient les locataires d'à côté. Ils n'avaient rien pour allumer leur cheminée, dit-elle en reprenant place sur le fauteuil en face de moi.

Une marée de désespoir me submergea, me laissant sans défense face à la déception qui m'étreignit. J'eus du mal à dissimuler la douleur qui m'envahit, et mon masque joyeux se fissura. Deborah, attentive, ne put ignorer le tourment qui se dessinait sur mon visage.

— Nola, tu m'accompagnes à la cuisine ?

Je mis un certain temps avant de réagir et finis par la suivre.

— Ça ne va pas ? s'enquit-elle. Tu as vu la tête que

tu tires ?

— Si, ne t'inquiète pas, ça va.

Mon mensonge était plus gros que le plan de travail sur lequel je m'appuyai. Je croisai les bras et baissai les yeux afin de ravaler une profonde envie de pleurer.

— Nola, ma belle...

La sonnette retentit à nouveau.

— Ce sont les voisins, je vais récupérer les allumettes. Tu ne bouges pas d'ici, d'accord ? Je n'en ai pas fini avec toi.

Je souris tristement et la laissai filer, sans bouger. Je me comportai vraiment comme une gamine. Me ressaisir et profiter de mes amis devait devenir ma seule préoccupation. Mais, bon sang ! J'étais mal... J'avais mal.

— Nola... ? cria Deb.

Je me délogeai de ma place et gagnai le salon.

— Oh, oh, oh ! Les enfants ! Bon réveillon à tous, chantonna une voix grave et familière.

Sous mes yeux ébahis, George surgit de l'ombre du hall d'entrée, les bras chargés de petits paquets cadeaux. Sa présence joyeuse, mais habituellement agaçante, me regonfla d'énergie. Les étincelles malicieuses dans ses yeux et son air espiègle m'emplirent de joie. Deborah, déroutée, chercha des réponses dans mon regard, mais j'étais bien trop absorbée par l'apparition de Samuel pour lui répondre. Égal à lui-même, beau comme un dieu, les cheveux en bataille, les joues rouges de froid et les yeux pétillants d'une beauté à couper le souffle, il émergea à son tour de derrière la paroi. Un élan d'amour fou me bouscula, et la simple vue de lui, de son être, dissipa toutes mes appréhensions.

Il était là. Je ne cessais de me le répéter.

— Bon, ben, nous avons des invités surprise, déclara Deb en attrapant les paquets que George lui tendait.

Je m'avançai et, à sa hauteur, je pris le vieil homme dans mes bras.

— Merci d'être venus.

— Cette bourrique avait besoin de changer d'air, me chuchota-t-il à l'oreille.

— Merci.

— Avec plaisir.

Georges filait, je me retrouvai face à Samuel. Son sourire tendre et son regard pétillant me confirmèrent qu'il était heureux d'être là. Un frisson agréable me parcourut lorsque je fis le pas qui nous séparait l'un de l'autre. Aussi, je sentis cette fichue connexion profonde s'établir entre nous alors qu'il me tendait un cadeau scintillant, un pot décoré de paillettes, renfermant une petite bougie. C'était aussi magnifique qu'inattendu, telle que sa venue.

— Tiens, c'est pour toi.

Je m'en saisis.

— Tu as changé d'avis ?

— George y est pour beaucoup.

— Merci.

— Merci pour quoi ?

— Pour avoir écouté George et être venu... et pour la bougie, évidemment, dis-je en la secouant avec précaution.

Il me la reprit des mains et m'indiqua de le suivre après avoir regardé tout autour de nous. Nous rejoignîmes la fenêtre au fond de la pièce. Il défit l'emballage et l'alluma à l'aide d'une autre posée sur la table.

— Chaque année, commença-t-il, ma mère posait une bougie sur la fenêtre de notre chalet pour les fêtes. Elle nous disait à ma sœur et moi que cela aidait les âmes égarées à retrouver leur chemin vers les êtres qui leur avaient été chers, pour qu'elles retrouvent le chemin de la maison.

Il se tut et émit un rire qui se répercuta en moi comme un son merveilleux, puis il poursuivit avec une petite grimace adorable.

— Je pense surtout qu'elle croyait en la magie de noël et qu'elle espérait que mon père revienne un jour. C'était son conte de fée à elle.

— Alors, posons cette bougie, dis-je en ouvrant la fenêtre. On verra si d'autres âmes retrouvent le chemin.

— Je l'ai trouvé.

— Je vois et je suis si heureuse que tu l'aies fait.

Nous nous regardâmes un court instant avant que je ne pose mes yeux sur la bougie qui scintillait dans la nuit froide. Je pivotai ensuite pour lui faire face et levai mon regard vers le plafond.

— C'est quoi, ce magnifique sourire ? me demanda-t-il.

Je lui fis signe de lever la tête et, lorsqu'il vit le gui suspendu au-dessus de nous, je lui expliquai :

— Deborah l'avait accroché au-dessus de la porte d'entrée, mais, la connaissant, c'était surtout pour me piéger et m'obliger à me caser avec le type là-bas. Alors, quand elle a eu le dos tourné, je l'ai déplacé ici. Finalement, j'ai bien fait.

Il m'attira à lui et, baissant le regard sur moi, il murmura :

— Tu as effectivement très bien fait.

Détendue dans ses bras, contre lui, je me redressai sur la pointe des pieds, plongeant mes lèvres dans les siennes. Il accueillit ma bouche dans un soupir de soulagement, fusionnant nos âmes avides de nous. Le baiser fut un doux échange, chargé de promesses que seul l'univers pourrait honorer.

Je perçus l'irritation de Dan lorsque nous les rejoignîmes autour de la table basse pour l'apéritif. En bon gentleman, il ne broncha pas, et je vis dans son regard qu'il abandonnait la partie. Il avait compris que, face à Samuel, il n'avait aucune chance. Il fit de considérables efforts pour s'intéresser à lui, d'ailleurs. Ce dernier éluda certaines questions quant à son passé et il y arriva avec brio, personne ne se rendit compte de rien. George et moi l'aidions un peu. Le vieil homme nous fit part de ses folles aventures de jeunesse avec son meilleur ami qu'il nomma Tom. Tom étant le deuxième prénom de Samuel. Nous rîmes à son récit et la joie s'empara de notre petit groupe. Nous passâmes à table et, même si notre dîner ne fut pas un régal à cause des mets trop cuits, la gaieté fut toujours de la partie. Je ne pus m'empêcher d'apprécier la présence de Samuel à mes côtés et, même si j'eus l'air d'une adolescente devant son idole, je m'en fichai pas mal. J'aimais ce qu'il dégageait. J'aimais l'entendre parler. Je me nourrissais autant de sa voix que de chaque mot qu'il prononçait. Je dévorai sa gestuelle et ses mimiques. Étrangement, mon assiette ne se vida pas, et Deborah ne manqua pas de me le faire remarquer.

Après le dîner, on retourna nous asseoir au salon et nous déballâmes nos paquets. Ceux de George furent des boîtes de délicieux chocolats traditionnellement fabriqués dans la région. Déborah m'offrit le pull en cachemire bleu marine que nous n'avions cessé de lorgner lors de nos séances shopping ensemble et, ironie du sort, je lui offrais le même. Ce qui déclencha un fou rire général.

— Tiens, me dit Samuel en me tendant un paquet qu'il venait de sortir de son blouson.

— Tu m'as offert un autre cadeau ?

— La bougie n'était pas un cadeau, mais une tradition. Ouvre ton cadeau !

Je m'empressai de le déballer. À la forme et au poids, j'étais persuadée qu'il s'agissait d'un livre. Je ne me trompais pas. Cela dit, il ne s'agissait pas de n'importe quel livre.

— Ton recueil de poésie, m'étonnai-je.

— Je n'oublierai jamais le regard que tu avais en regardant la couverture, alors j'ai pensé que ça te ferait plaisir.

— Idiot ! ricanai-je. C'est toi que je regardais comme ça.

Il rit à son tour.

— Je me doute, mais, au moins, lorsque tu regarderas ce livre tu penseras à moi.

Je ne sus si je dus sourire ou non. Cette parole me ramena à la réalité. Demain, il ne me resterait plus que ce livre. Quelque chose se brisait à cet instant.

— Je penserai à toi même sans ça, murmurai-je.

En guise de réponse, il entrelaça ses doigts aux miens et me les serra avec force et amour. Son sourire devenu triste m'indiqua qu'il ressentait lui aussi une vive douleur. Ce vide qui m'arracherait à ses bras. Il avait raison sur un point, la soirée n'aurait eu pour but que de créer un trou béant dans nos cœurs. Je m'en rendais compte.

Je ne sus pas ce qu'il me prit, mais mes jambes se levèrent toutes seules. Finalement, je n'étais pas aussi forte que je l'aurais pensé. Je n'allais pas le supporter. Je ne voulais pas vivre sans lui. Le perdre demain allait être trop difficile.

— Nola ? m'appela Samuel lorsque je pris mon manteau.

Deborah réitéra l'appel, mais il était trop tard, j'étais déjà dehors. J'avais besoin de me retrouver seule, de réfléchir, de faire le point.

La brise glaciale sécha la larme ruisselant sur ma joue alors que je déambulais sur le trottoir glacé, sans destination précise. Une fois de plus, mes jambes flageolantes semblaient agir toutes seules, contre ma volonté, me guidant d'un instinct sauvage. Je n'avais aucun contrôle, seulement un chemin sombre tracé devant moi. Les rues désertes me conduisirent dans un silence paisible, une atmosphère calme et apaisante. Ralentissant ma cadence, je m'arrêtai et levai le nez vers le ciel, respirant profondément cette odeur glaciale. La neige tombait à petits flocons, s'écrasant et fondant doucement sur ma peau chaude.

Je ressentis sa présence, et j'eus déjà la certitude qu'il se tenait derrière moi avant même qu'il ne m'enlace de ses bras.

— Nola, susurra-t-il à mon oreille.

Je fermai les yeux. Le son de sa voix m'arracha une autre larme, celle-ci se mêlant à la neige fondue, traçant son chemin sur mon visage jusqu'à disparaître à la commissure de mes lèvres fissurées par le froid. Son sillage me brûla, mais la douleur physique ne fut rien comparée à la souffrance intérieure de me trouver dans les bras d'un homme que je ne pourrais jamais avoir.

— Nola, je ne...

— Pars ! S'il te plaît, lâchai-je, brisée.

Il ne réagit pas. Pourtant, je voulais qu'il s'éloigne loin de moi. Sa présence était une douleur insupportable. J'insistai.

— Tu avais raison. Cette soirée était de trop. Pars ! Je t'en prie !

Ses bras qui m'enserraient se relâchèrent. Il recula, et sa chaleur s'évapora. Tout à coup, j'eus froid, très froid. Je ravalai un sanglot, refoulant le désir d'être à nouveau contre lui. Faisant un pas, puis deux, sans me retourner. Ça faisait mal, mon cœur était en miettes. Le regarder à nouveau n'aurait fait qu'accentuer l'abattement dans lequel j'étais plongée.

— Au revoir, Sammy, prononçai-je tout bas.

11. Put a candle in the window

Mon histoire avec Samuel m'a enseigné la prudence, m'incitant à ne plus m'attacher à n'importe qui. Il faut dire que Samuel n'était pas n'importe qui ; bien au contraire, il était mon tout. Et même si je n'aimais les clichés, j'aurais pu dire qu'il était mon âme-sœur. Cependant, la situation absurde et irréelle que nous vivions eut raison de nous.

Ce soir-là, il partit sans me dire au revoir. Je passais l'année suivante à penser à lui, à prier pour lui. Oui ! Nola Parker, l'athée de service, s'était mise à prier. Le Noël suivant, je m'abstenais de retourner à Pins Valley, malgré une envie viscérale de le revoir, de courir dans ses bras.

Rien ne changea dans ma vie. Je restais célibataire. Dan tenta une nouvelle approche l'été suivant, mais je le repoussai poliment. Après cela, il ne n'osa plus rien. Mon cœur saignait toujours. Mon esprit était toujours épris de Samuel Davis. Aurais-je pu tourner un jour la page ? Allais-je finir vieille fille entourée de chats et de canaris en cage ? Peu importe. Je ne voulais pas me mentir à moi-même. Cette histoire me dégoutta aussi à vie des téléfilms de Noël. Je ne les supportais plus, tant certains ressemblaient à mon vécu. Je n'avais jamais cru au surnaturel, pourtant, il n'était pas si irréel.

Quatre Noëls après notre première rencontre avec Samuel, je retournai à Pins Valley pour fêter le Jour de l'An avec Déborah et Max. Ces deux-là étaient désormais en couple depuis quatre ou cinq mois, me semble-t-il. J'étais heureuse pour mon amie. Elle débordait de bonheur. Ils venaient d'acheter un chalet, d'où notre retour ici, dans ce village maudit que j'essayais vainement de fuir. Mais, apparemment, le vieil adage romain était passé de mode. De nos jours, tous les chemins ne menaient plus à Rome, mais bien à Pins Valley.

Une soirée karaoké s'annonçait au bar du village, et le patron, un ami de Max, nous conviait à y participer.

À notre entrée, la salle était déjà électrique, animée par un groupe de fêtards s'essayant à interpréter, ou plutôt à massacrer, un morceau des Rolling Stones. Nous trouvâmes refuge au coin du comptoir, plongeant dans l'atmosphère effervescente de la soirée. Les rires et les éclats de voix me firent esquisser un sourire. C'était si rare. Les serveurs s'affairaient, nous apportant rapidement le champagne qui coulait à flot, emplissant la pièce d'une ambiance festive. Mon cœur battait au rythme de la musique. Samuel ne serait qu'un vague souvenir, du moins c'était ainsi que je comptais le reléguer dans l'ombre de mes pensées. Je le savais endormi dans le néant, pourtant il se débattait pour me rappeler qu'il n'était pas si loin de moi. Qu'il ne l'avait jamais été. Mais je me forçais à l'oublier.

Évidemment, le bel homme châtain aux yeux clairs qui ne cessait de me savourer du regard à l'autre bout du comptoir y était pour quelque chose. Je lui souris, il me répondit. Il leva son verre pour trinquer en l'air, je fis de même. Il me lâcha du regard lorsque quelqu'un lui tapa sur l'épaule. Se décalant, il me laissa entrevoir cette personne. Je recrachai ma gorgée de champagne. Bon sang ! Que faisait Jason Carlton ici ? Je me fis aussitôt toute petite. Cependant, je ne pus détourner mes yeux de ce bel inconnu qui semblait être un ami proche de mon ex. Ils se firent une accolade, et Jason se décala à son tour pour lui présenter quelqu'un. Mon souffle se coupa à la vue de ce qui devait être sa nouvelle petite amie, une blonde aux airs pincés qui semblait sortir tout droit d'un magazine de mode. La déception m'envahit, mais je m'efforçai de masquer mes émotions derrière un sourire figé. Génial ! Une soirée qui s'annonçait bien plus compliquée que prévue, avec une pointe d'amertume dans mon champagne désormais moins pétillant.

Subitement, un éclat de rire, clair comme du cristal, capta mon attention. Figé dans l'encadrement de l'entrée, les bras élevés dans une sorte de célébration joyeuse, le vieux George saluait l'assemblée avec un enthousiasme communicatif. Son visage heureux, bien que fatigué par les années, était une vision qui m'avait cruellement manqué. Nos regards s'entrecroisèrent l'espace d'un instant. Il me décocha un clin d'œil complice avant de se faufiler vers Jason et mon mystérieux observateur, dont le regard tenace restait fixé sur moi. Un sourire timide vint jouer sur mes lèvres, alors que je m'efforçais de suivre la conversation enjouée entre Deborah et Max, qui se taquinaient avec une vigueur.

Leur bonne humeur m'exacerba au plus haut point en me rappelant ma solitude. Je laissai mes yeux dériver vers l'autre bout du comptoir, où Jason m'avait décelée et m'adressait un signe de main amical en guise de salutation. Je détournai mon regard avec une expression contrite sur le visage, essayant de dissimuler l'orage qui grondait dans mon cœur. Mes palpitations trahissaient un embarras plus profond, une gêne au relent suave suscitée par l'omniprésence de l'Homme au charme indéniable à ses côtés. J'étais happée.

— Ma p'tite dame ! Vous nous avez manqué à Noël, me lança George en se frayant un chemin pour me rejoindre.

Je le pris aussitôt dans mes bras avec force et chaleur.

— Vous comprenez bien que je ne pouvais pas

revenir.

Il rit et fit un pas chassé pour laisser place à son compagnon. Le bel inconnu.

— Ma belle Nola, je vous présente le nouveau propriétaire du chalet Davis ; Kyle Mc Marty, m'expliqua George.

Les poils de mon corps se dressèrent, témoins de la tension grandissante. Un nœud de colère se forma dans ma gorge. Saluant brièvement le dénommé Kyle d'un bonsoir froid et distant, je saisis le bras Georges et le conduisis à l'écart.

J'avais deux ou trois mots à lui dire.

— Le nouveau propriétaire ? Mais comment avez-vous laissé faire ça ! Et Samuel ? Vous ne pouvez pas ! Comment va-t-il faire ?

L'inconnu, qui perdait soudain de son attrait à mes yeux, se dirigea d'un pas assuré vers la scène. Sur son passage, un groupe de trois jeunes filles s'émerveilla. Il était évident que je n'étais pas la seule à avoir remarqué sa beauté. Cependant, ce qui me troublait encore plus, c'était non pas la manière dont elles l'observaient, mais plutôt les propos qu'elles tenaient à son sujet.

— C'est lui ?

— Oui. C'est cet homme.

— C'est un miraculé.

— Il paraît qu'il y a trente-sept ans, un homme a fait la même chute de la falaise et il en est mort. Lui s'en est sorti avec quelques côtes cassées. C'est un miracle, oui !

— Il a quand même perdu la mémoire, paraît-il, après l'accident.

— De toute manière, le virage des louves est dangereux. La municipalité devrait faire quelque chose.

Je retrouvai la parole et m'enquis, abasourdie :

— Qui est ce type ?

George haussa les épaules, accompagnant son geste d'un de ces sourires malicieux dont lui seul avait le secret.

— George ! Dites-moi ?

— La magie, ma p'tite dame. La magie de Noël !

Je m'abstins de tout autre commentaire lorsque les

premières notes de guitare d'une chanson que je connaissais très bien, puisqu'il s'agissait d'un air que mon père passait en boucle, retentirent dans la salle.

Il s'agissait de *As long as I can see the light* des *Creedence*.

Guitare en main, Kyle, qui, soit dit en passant, maîtrisait à merveille cet instrument, commença à chanter, et toute la salle se tut pour l'écouter.

♫ *Put a candle in the window*

Place une chandelle à la fenêtre ♪

Aussitôt, ces mots firent écho en moi. Des souvenirs, ceux qui ne m'avaient jamais vraiment quitté refirent surface sans prévenir : la bougie. La fenêtre... Noël.

♪ *Got a feelin', got to move*

Je sens que je dois partir

Oh, I'm gone, gone

Oh, je suis parti, parti

I'll be comin' home soon

Je reviendrai bientôt à la maison

Long as I can see the light

Aussi longtemps que je pourrai voir la lumière ♫

Je me laissai porter par sa voix au si beau timbre et m'avançai vers la scène comme hypnotisée, tirée par un fil invisible. Il ne me quitta pas des yeux. Chaque mot, il les chantait pour moi. Chaque note me poussait vers lui.

♫ Long as I can see the light

Aussi longtemps que je pourrai voir la lumière

Guess I've got that old travellin' bone

Suppose que j'ai attrapé cette vielle piqûre du voyageur

Got a feelin', won't leave me alone

J'ai ce sentiment, qui ne veut pas me laisser seul

But I won't, I won't be losin' my way, no, no

Mais je ne vais pas, je ne vais pas perdre mon
chemin, non, non
Long as I can see the light
Aussi longtemps que je pourrais voir la lumière
Put a candle in the window
Place une chandelle à la fenêtre ♪

Il ne termina pas la chanson, posa sa guitare, sauta de la scène et se dirigea vers moi. Je compris. Oui, tout était clair, maintenant. Aussi incroyable que cela puisse paraître, je compris.

À ma hauteur, il m'attira à lui. Je murmurai alors que les discussions reprenaient autour de nous.

— Samuel ?

Il me sourit, m'étreignit avec force et amour, et grimaça.

— Non, mon nom est Kyle...

J'étais sur le point de parler, quand il m'interrompit en posant ses doigts sur ma bouche.

— Samuel est le nom que l'on m'a donné il y a plus de soixante-neuf ans.

Bouillonnante de joie, vibrante de bonheur, je ne pus m'empêcher de plaisanter.

— Vous ne faites pas votre âge, Kyle.

Il rit.

— Et vous, vous êtes toujours aussi belle.

Je me perdis dans ses yeux.

— Comment-est-ce possible ?

— Je n'en ai pas la moindre idée, Nola. Tout ce que je peux te dire est que le lendemain du soir où nous nous sommes quittés, je me promenais dans la forêt. J'ai entendu un coup de frein provenant de la route plus haut, j'ai levé la tête. Une voiture dévalant la pente m'a percuté de plein fouet et m'a propulsé dans le ravin. Lorsque je me suis réveillé, je n'avais presque rien, mais le type dans le véhicule était mort. Je l'ai touché pour vérifier son pouls et j'ai à nouveau perdu connaissance. Je me suis ensuite réveillé à l'hôpital entouré de personnes que je n'avais jamais vues, mais qui semblaient être ma famille. J'ai alors compris que mon esprit avait pris possession du corps de ce pauvre homme et qu'une deuxième chance m'était donnée de vivre.

Je n'en crus pas mes oreilles. Je plongeai dans une profonde réflexion, les yeux fixés sur Samuel, enfin Kyle. L'incrédulité brouillait mes pensées. J'avais du mal à assimiler l'incroyable histoire qu'il venait de me conter.

— Une deuxième chance... répétai-je, comme pour m'approprier la réalité de ce que je venais d'entendre.

Samuel hocha la tête, son regard cherchant le mien.

— C'est notre deuxième chance.

— Puis-je te poser une question, Kyle ?

— Une seule ? ricana-t-il.

— Oui, bon ! Une ou deux, voire trois ou quatre, mais promis pas plus.

Il sourit largement. J'étais folle de joie.

— Je t'écoute.

— Qu'as-tu prévu de faire demain, après-demain et les jours suivants ?

— J'ai l'intention de vivre, commença-t-il. De profiter de chaque instant, de profiter de mon fils qui me voit comme un ami, mais peu importe, je l'ai retrouvé. J'ai aussi acquis un chalet miteux, mais où les hypocrites sont interdits et où Nola Parker sera toujours la bienvenue et où elle aura carte blanche pour refaire toute la décoration afin d'y amener un peu de modernité et de confort.

— Elle pourra faire installer l'eau chaude ?

— L'eau chaude, le téléphone et même la télévision. Ce dont elle a besoin pour être heureuse, du moment qu'elle reste avec moi jusqu'à ce que la mort nous sépare.

Posant mes mains sur ses épaules fortes et survolant sa bouche, je lui fis une promesse.

— Jusqu'à ce que la mort nous unisse à nouveau.

— Je t'aime, Nola Parker, murmura-t-il avant de poser ses lèvres contre les miennes.

— Je t'aime aussi Sammy.

9 791094 343142